웃음박사 최규훈의

웃음
치료

웃음박사 최규훈의 웃음 치료

아끼고 사랑하는 웃음의 미학

초 판 1쇄 2024년 10월 25일

지은이 최규훈
펴낸이 류종렬

펴낸곳 미다스북스
본부장 임종익
편집장 이다경, 김가영
디자인 임인영, 윤가희
책임진행 이예나, 김요섭, 안채원, 김은진, 장민주

등록 2001년 3월 21일 제2001-000040호
주소 서울시 마포구 양화로 133 서교타워 711호
전화 02) 322-7802~3
팩스 02) 6007-1845
블로그 http://blog.naver.com/midasbooks
전자주소 midasbooks@hanmail.net
페이스북 https://www.facebook.com/midasbooks425
인스타그램 https://www.instagram.com/midasbooks

© 최규훈, 미다스북스 2024, *Printed in Korea*.

ISBN 979-11-6910-866-9 03810

값 18,500원

미다스북스는 다음세대에게 필요한 지혜와 교양을 생각합니다.

아끼고 사랑하는 웃음의 미학

웃음박사 최규훈의

웃음
치료

최규훈 지음

미다스북스

Laughing is the sensation of feeling good all over and showing it principally in one spot.

곳곳에서 느끼는 기분 좋은 감각을
주로 한 곳에서 표현한 것이 웃음이다.

- 조쉬 빌링스(Josh Billings)

다시 살아야 한다.
이것이 나를, 아이들을,
가정을 살리는 길이었습니다.
포기란 없습니다.
김장철에나 있는 게 포기이죠.

행복은 거저 찾아오는 것이 아니었습니다.

We're not laughing because we're happy, we're happy because we're laughing.

우리는 행복하기 때문에 웃는 것이 아니고
웃기 때문에 행복하다.

- 윌리엄 제임스(William James)

웃음은 나에게도 남에게도
매우 유익할 뿐만 아니라
전파될 때 더 강한 힘이 발생한다고 합니다.

여럿이 웃을 때에 33배의 효과가 있다고 하니 웃고 살자!
그래, 웃자! 하하하하!

1장
지금의 최규훈, 이렇게 만들어졌다

2장
저는 목사이자 웃음치료사입니다

3장
'하하호호' 웃음이 끊이질 않다: 웃음치료사 활동

최규훈 교수님의 책을 읽으면서 저도 모르게 두 뺨에 눈물이 하염없이 흘러내렸습니다. 드라마보다 더 드라마 같은 교수님의 인생이 이 책에 엑기스처럼 집약되어 있습니다. "두려워하지 말라. 내가 너와 함께함이라. 놀라지 말라. 나는 네 하나님이 됨이라. 내가 너를 굳세게 하리라. 참으로 너를 도와주리라. 참으로 나의 의로운 손으로 너를 도와주리라. 참으로 나의 의로운 오른손으로 너를 붙들리라."라는 이사야 41장 10절의 말씀이 떠오릅니다.

교수님이 걸어오신 길에는 늘 하나님이 함께 계셨습니다. 교수님의 전도로 작년 12월부터 교수님과 함께 주일마다 새에덴교회에 다니고 있고 교수님의 눈물이 웃음이라는 옥토(沃土)로 승화된 미학이라는 것을 알게 되었습니다. 앞으로도 교수님의 삶에 주님이 함께 동행해 주실 것을 믿습니다.

_장웅상(국제미래강사교육연구원 부원장, 영문학 박사, 시인, 교수)

꽃망울

최규훈

톡 꽃망울이 터졌다.

그동안 얼마나 아팠을까

톡 터트리기까지

나도 마음 하나

톡 터트렸다.

이제는 아프지 않으리라

터트리고 나니

꽃 세상인 것을

1장

지금의 최규훈,
이렇게 만들어졌다

1.

힘들었던
어린 시절

저는 경기 안산에 있는 시골 마을에서 2남 3녀의 넷째로
태어났습니다. 부모님은 정통 유교 집안이었고 저 또한 늘
제사를 하고 조상을 섬기는 가정에서 자라게 되었습니다. 큰
집이다 보니 일 년에도 고조부, 증조부, 조부, 조모 등 제사
가 수없이 많이 있었습니다.

늘 가족들은 제사 때가 오면 일손을 도와야 하고, 제사상
은 푸짐해야 조상이 좋아하신다고 한상 부러질 듯한 차림상
을 차려야 합니다. 그러다 보니 어머님과 작은어머님, 누님
들은 녹초가 되어버리곤 합니다. 이렇게 유교 집안이고 큰집
이다 보니 예수의 '예' 자도 꺼내기도 어려웠습니다. 거기다

가 교회에 가면 우상 앞에 절하면 안 된다는 두 마음이 갈등을 겪기 시작합니다.

　제사를 안 하는 것은 가족을 외면하고 불효하는 것 같았습니다. 그렇다고 제사를 하자니 하나님께 마음이 걸려서 늘 두 마음이 싸웁니다. 그러던 중 동네에서 기가 센 누님께서 전도를 하셨습니다. 교회 권유를 한 것인데 저는 그 누나가 싫었습니다. 동네 왈패 누나가 전도하는 그 교회가 무서웠습니다.

　어느 날 자전거를 타고 가는데 앞을 가로막고 "한 번만 교회에 가자."라고 누님이 말했습니다. 그 누님의 눈가를 보니 저도 모르게 궁금증이 생겨났습니다. '한 번만!' 이 소리가 귓전에 맴돌았습니다. 그래도 교회에 안 갔습니다.

　주일 날만 되면 왠지 교회보다 노는 것이 행복했습니다. 동네 후배들을 모아놓고 대장 노릇하며 노는 시간이 좋았고 행복했습니다. 비사치기, 딱지치기, 윷놀이, 제기차기 등 우리 전통 놀이는 다 해봤습니다.

겨울이면 연날리기를 했는데, 빙판에서 각종 연을 만들어 놓고 띄우면 사람들이 구경하느라 해 가는 줄 모르고 이야기꽃을 피웠고, 그 모습에 너도나도 웃음꽃이 만발했습니다. 경기도 안산은 과거에 항구 도시였고 간척을 하여 산과 강과 바다를 메꾸어서 지역을 이룬 도시였습니다. 소금물 때문에 농사도 못 짓던 동네가 간척 사업과 물 대기 사업, 저수지 확보 등 주민들의 노고로 세워진 신도시가 되었습니다. 원래는 전기도 없던, 촛불과 등잔불을 켜고 사는 초가집 정통 시골 마을이었습니다.

어머니는 원고잔이라는 동네에서 큰 대야를 이시고 검둥이 개와 제 손을 잡고 우물가로 가서 동네 아낙네들과 방망이로 빨래를 때리며 고생하셨습니다. 겨울에는 얼음을 깨고 추운 곳에서 고생하시던 어머님 생각에 늘 자식된 도리로 고마울 따름입니다. 지금도 어머님은 고향에서 88세로 정정하십니다.

이렇듯 안산이란 낯선 곳에서 새로운 신도시가 탄생하고 반월 공단, 시화 공단 등 각종 공단들이 들어오면서 안산은 제2의 산업 도시로 발돋움하게 됩니다. 그 당시 안산시 고잔동으로 많은 인파들이 몰려오면서 자연스럽게 그들이 정착민, 토착민이 되었습니다. 그들은 함께 논을 일구고 밭을 일구어서 부락을 이루게 되었고, 정도 사랑도 많은 시골 마을은 점차 도시로 발전해 나갔습니다.

경기도 시흥시가 안산시로 승격하면서 큰 발전을 이루었습니다.

2.

초등학교
유년 시절

저는 경기도 시흥군 수암면 고잔리 산95번지에서 조부모님, 부모님, 누님 둘, 형, 여동생 이렇게 다섯 남매와 오붓한 가정에서 살아왔습니다. 되돌아보면 초가집 지붕 아래 방 두 칸인 그 작은 초가집에서 어떻게 살았는지 참 대단한 것 같습니다.

아버님은 농사일에 몰두하셨고 농업을 주업으로 삼았던 우리 가족들은 농번기가 되면 총동원되어 일을 하였습니다. 또한 동네 분들의 품앗이로 안산은 정이 많고 좋은 분들이 많은 곳이 되었습니다.

'안산(安山)'의 '안(安)'에는 '편안하고 좋은 동네'라는 의미가 있습니다.

전기도 없던 시절 호롱불을 켜고 정말 형설지공(螢雪之功) 처럼 반딧불로 불을 밝혀야 되는 어두움 속에서 살았습니다. 할아버지께서는 겨울이면 화롯가에서 군밤과 고구마를 구워 주시고 해바라기씨를 까서 손자 손녀에게 주시며 함박 웃으셨습니다. 우린 그 모습을 보면서 자랐습니다. 그 시절이 이제는 추억의 한 페이지를 장식하였습니다.

그렇게 다 주고 떠나시는 그분들, 특히 젊은 시절 동네일을 보시면서 몸을 아끼시지 않았던 아버님을 보면서 저런 열정과 힘은 대체 어디에서 오는 것인지 생각해 보았습니다. 동네에서 아버지는 다른 사람들이 잠에서 깨어나지 않은 새벽 무렵부터 일어나셔서 동네 마을을 다 청소하셨습니다. 마을에 귀감이 되는 모습을 보인 아버지께서는 새마을지도자로 반장이 되셨고, 존경하는 아버님은 늘 모범을 보이는 학자의 모습이셨습니다.

한마디 한마디에 교훈과 훈계를 담으셨고, 화가 나셔도 절대로 때리거나 화를 내시지 않고 자녀들이 알아서 하시기를 바라신 아버님의 모습은 잊히지 않는 선각자의 모습이셨습니다. 한문도 잘 하시어 신문을 줄줄 읽어 내려가시며 한 자 한 자 또박또박 한문을 가르쳐 주시던 아버님은 선생이시고 학자이시고 존경하는 아버지의 모습이셨습니다. 동네의 잔일, 심부름, 농사일까지 아낌없이 일하시던 아버님은 50대 중반에 주무시다가 고혈압으로 돌아가셔서 저는 무척 당황스러웠습니다.

3.

천식으로
고생 깨나 했습니다

태어나면서부터 천식으로 고생하였던 저는 건강하지도 않았고 죽을 위기를 겪고 태어났기에 마치 삶이 순탄하지 않을 거라는 예견을 겪은 듯하여 기가 막힐 따름이었습니다. 태어난 아기가 젖을 빨지도 먹지도 못하고 토하기만 하니 어머님의 걱정은 이루 말할 수 없었을 것입니다. 어머니의 땀과 형제들의 간절한 보살핌 덕분에 저는 그럼에도 다행히 살아날 수 있었습니다.

그러던 어느 날 갑자기 그리 울던 아기가 울음을 멈추고 엄마의 젖을 먹고 미음도 먹으며 살아나게 된 것입니다. 태어날 때부터 큰 고통을 겪었으니 앞으로 펼쳐질 많은 고통과 아픔은 헤아릴 수 없는 일이 아닐까요?

하지만 다행히도 그 이후 천진난만한 삶을 살아갔습니다. 전 시골 어린아이다운 순수한 동심의 나래를 펴며 살아가게 되었고, 안산이란 시골에서 평범하게 자라왔습니다. 어느 날, 제대로 신앙을 다짐하고 잘 믿어보겠다고 결심한 저는 교회에서 중고등부 수련회에 참여하게 되었고 신앙의 전환점을 맞게 되었습니다. 아니 인생의 전환점이랄까? 아무튼 수련회는 제 인생의 터닝포인트의 계기가 되었습니다.

사실 그전에도 저에게 교회에 대한 인식은 있었습니다. 다만 그리 간절한 것은 아니었습니다. 그저 부활절에 계란 받아오고 성탄절에는 선물을 받아오는 곳으로 각인되었습니다.

그러면서도 마음 한구석에는 하나님의 존재와 신앙에 대하여 어린 나이에도 고민하지 않을 수 없었습니다.

수련회를 갔다 온 이후, 가족의 구원이 시급했던 저는 먼저 저 자신이 구원의 확신을 갖고 중2 때부터 지금까지 전도의 일을 감당하게 되었습니다. 중2 때 예수를 믿게 되며 기도원에 가서 은혜를 받았습니다. 그때 가족의 구원의 시급함을 알게 되어 전도하였고, 마침내 가족 전체가 구원받은 놀라운 일이 일어났습니다. 하지만 큰집이라 제사를 겸해야 했던 아버지께서 고민하시던 중, 제 모교인 안산제일교회 고훈 목사님의 심방으로 은혜를 받으시고 제사가 아닌 예배를 드리기 시작했습니다. 이는 신앙의 첫 열매였습니다.

4.

드디어,
신학대학원 입학!

이후 일반 대학에 원서를 내지 않고 신학대학에 원서를 내서 웨스트민스터신학대학원대학교에 입학하였습니다. 사실은 그 이전에 한국성서대학교 신학대학원에 입학을 한 적이 있었습니다. 몸에 이상이 왔는데도 괜찮을 거라 혼자 위로하며 버텼는데 몸, 얼굴, 다리가 붓는 등 몸의 증세는 날로 심해졌고 차도는 없었습니다.

그럼에도 불구하고 학교 주위에 방을 얻어 생활하고 학교 근처에 자리를 잡으며 공부에 전념하였지만 몸의 증세는 차도가 없었습니다. 더 이상 학교를 다닐 수 없어서 부득이 1년 휴학계를 내었고 2학년에 자동으로 올라갔지만 건강과 학점 관리가 안되어서 결국 학교를 중단하게 되었습니다. 모든 게 억지로는 되지 않았습니다.

저는 하나님의 섭리가 있음을 몰랐습니다. 빨리 졸업하고 목회자가 되어야겠다는 꿈이 강해서인지 제 몸을 돌보는 데는 게을렀던 것입니다. 이 당시에 최덕순 큰 누님께서 간호를 해주며 울면서 밤을 지새우시고 기도해 주시던 생각이 눈에 선합니다. 병원 신세를 지고 순천향병원, 안양 서울병원 등 병원이라는 병원은 다 다니고 아버님과 병원을 전전긍긍하였습니다만 차도는 없었습니다. 그 당시에 다닌 병원만 여러 군데입니다.

음식 중 짜고 매운 것을 먹을 수 없었고 2년 동안 먹고 싶은 것을 절제하고 병원 약을 많이 먹고 지내게 되었습니다. 제 몸 상태는 전보다 더 심해지게 되었습니다. 격주로 먹는 약이 30알이나 되었습니다.

지인과 친척들의 반대에도 불구하고 예배를 드리려니 많은 어려움이 있던 중, 23세의 나이에 건강 이상의 증세로 신장병이 찾아왔고 가족은 하나님께 매달리기 시작했습니다. 하지만 2년여 동안의 기도에도 제 병세는 차도를 보이지 않았고 결국은 돈은 돈대로 쓰고 죽음의 문턱까지 가고 말았습니다. 그때 아버지께서 마지막 말 한마디를 하셨는데 "이제 돈이 없다. 퇴원해야겠는데." 하시며 뒷말을 흐리셨습니다.

그러나 놀랍게도 부활절 새벽에 주님은 저에게 찾아와 만나주셨습니다. "너는 내 것이라 내가 너를 불러 세웠다."라는 짧은 말씀과 함께 현재 수원 소재 성(聖) 빈센트 병원에서 주님을 영접하게 되었습니다.

한없는 눈물, 감사의 눈물, 주체할 수 없는 눈물이 하염없이 흘러내렸고 살아계신 하나님을 만나 그리스도를 영접하였습니다. 못난 허물 많은 죄인을 버리시지 않고 사랑한다는 말씀은 나를 변화시키기에 부족함이 없었습니다.

치유의 경험을 한 저는 바로 퇴원하여 엄청난 양의 약을 즉시 끊었고 많은 이의 염려에도 하나님을 의지하여 지금까지도 하나님의 은혜로 건강을 유지하였습니다. 그런데 제가 퇴원할 때 병원에 오신다던 어머니께서 보이지 않아 여쭤보니 걸을 수 없으셔서 못 오셨다고 합니다. 즉시 퇴원하여 약을 보여드리고 은혜 안에 끊을 수 있는 힘을 주셨다 하고 어머니의 다리에 손을 얹어 기도하니 즉시 치료의 역사가 일어났습니다. '아, 하나님께서 치료의 은사를 주셨구나.' 생각하고 주위 아픈 분들을 위해 기도하게 되었고 모두 치유의 역사가 일어났습니다.

그 이후 은사(恩賜)를 계발하는 것에서 나아가 달란트를 사용하기로 마음먹고 기도원을 찾아가 기도하고 제 꿈이 부흥강사였던 사실을 알고 기도하며 섬기게 되었고 제 몸은 더 좋아졌습니다. 다시 신학대학교를 알아보던 중 아는 목사님께서 바르게 가르치며 진리의 말씀을 잘 가르치는 신학대학교가 있다는 이야기를 읽고 알아보기 시작했습니다.

웨스트민스터신학대학원대학교, 일명 '라보도' 신학대학교라는 곳이었습니다. 그곳은 외국 선교사가 한국에 와서 진리를 수호하겠다는 마음으로 바른 신학을 가르치는 신학대학교를 세운 곳이었습니다. 그곳은 훈련과 공부를 통하여 목회자를 양성하는 대한예수교 장로회 교단 소속이었고 저는 신학대학교에 입학 서류를 냈습니다. 순탄하게 합격하였으며 합격의 기쁨도 이루 말할 수 없이 기뻤습니다.

대학교와 대학원에서 과대표를 하며 리더십을 함양한 것도 이때부터가 아닌가 싶습니다. 신학을 하면서 관악동부교회, 전성교회, 대림동교회 등 서울 소재 교회를 섬기다가 최종적으로 오정동 성화교회 교육 목사를 마지막으로 섬김을 마치고 이후 개척교회 안산 한빛교회를 열었고 목회를 하게 되었습니다.

힘든 과정이었으나 대학교 때 결혼을 하며 신혼의 단꿈을 꾸었고 가정도 학교도 열심히 뛰었습니다. 물질적으로 어려웠으나 대학교 중간에 교학사라는 회사에 근무하면서 월급으로 신혼 생활을 하고 부모님께서 주신 전세로 생활을 하였습니다. 처와 회사에 같이 가며 행복의 삶을 살아갈 수 있었습니다.

아내가 첫 아이를 임신하고 함께 하는 시간을 보내게 되었습니다. 물질적인 어려움은 잠시 아버지께서 돌아가시기 전 안산 소재 중앙동에 제 이름으로 사주신 아파트가 있어서 이사에 애로가 있던 중 보상 문제가 해결되어 살고 있는 전세 비를 수리비로 하고 집을 수리하여 신혼의 단꿈을 꾸며 안산의 중앙동 아파트에서 터전을 잡았습니다.

그러던 가운데 아이 둘이 생겼습니다. 행복한 생활, 자녀들과 함께하는 생활, 아늑한 공간, 이 모든 것이 하나님이 주신 축복이 아닌가 싶습니다. 하루 아침에 바뀔 수는 없지만 다시 재기의 기회를 주신 그분께 찬미를 올려드립니다.

이전에 잃었던 보화를 발견한 것처럼 아픈 시절은 지나가고 이에 교회와 일반인들을 상대로 한 이벤트 기획사 한사랑 이벤트사를 운영하였습니다. 쉽게 도전하기 어려운 분야인 행사와 기획 연출 분야가 앞으로 펼쳐질 제 미래에 지대한 영향을 끼치게 된 것입니다.

5.

행사대행업에
뛰어들다

안산에서 1993년 한사랑이벤트사라는 행사대행업을 시작하였으며 기업, 단체, 학교 등 행사를 맡아서 진행을 하였습니다. 각종 행사에 강사로 섭외되었고 연예인 강사를 초청하여 행사를 진행하였고 300명, 500명, 1,000명 등의 대형 행사도 기획하여 진행하였습니다.

저는 한사랑이벤트사 대표로 3년여 동안 강사 섭외를 하다가 직접 강사를 하게 되었는데 첫 역할이 레크리에이션 진행이었습니다. 안산시에 있는 한양대학교 대학원 사회교육원 (AMP) 행사였는데 인원은 200명에 가까웠습니다. 안산의 경찰서장을 비롯한 많은 분들이 맨 앞에 계셨고 처음 레크리에

이선 행사를 진행하는 거라 많은 부담이 되었지만 최선을 다했습니다. 사실은 크리스마스 전날, 다른 강사의 부족으로 제가 첫 강의를 선 것인데 대성공을 거둔 것입니다. 최선을 다하여 유종의 미를 거두었고 저의 첫 레크리에이션 행사가 되었습니다.

3년간은 이벤트 대행사의 대표라 강의를 직접 할 수 없었기에 강사를 섭외하기만 하다가 처음으로 직접 하게 되었습니다. 그때 이후로 많은 축제나 길거리 행사 안산시의 행사들을 맡아 기획하고 여러 행사들을 도맡아 하는 계기가 되었습니다. 항상 즐거웠습니다. 나에게는 사명과도 같았습니다. 끝나고 나면 그 희열이란 이루 말할 수 없습니다. 한 방울의 땀이 나에게는 일을 마친 후 결과물이었습니다.

가장 기억에 남는 것은 해남 땅끝마을에서 레크리에이션을 진행했던 일인데 부산시장님을 비롯하여 많은 사람들이 왔습니다. 그때 당시 장애인 휠체어 100대 기증 행사에 초청받은 것이었는데 800명 앞에서 진행할 때였으며 저에게 주어진 레크리에이션 시간은 2시간이었습니다. 손에 땀을 쥐며 무대에 올라갔던 때가 있었는데 바로 이날이 아닌가 싶습니다.

각종 게임, 댄스, 노래, 단합 게임 퀴즈 등 유익한 시간을 보냈고 푸짐한 상품을 제공하게 되었습니다. '첫 3분 안에 무대를 휘어잡지 못하면 행사는 무용지물(無用之物)이다.'라고 생각하고 최선을 다했고 청중들이 잘 따라해 주시어 강사로서 큰 보람을 느끼게 되었습니다. 웃긴 퍼포먼스로 최선을 다한 데다가, 각종 재능을 가지신 분들의 출연으로 배꼽 잡는 행사가 되어버렸죠. 참석자 전원이 좋은 피드백을 주셨고 다시 초대해 주실 것을 약속하여 주셨습니다.

그다음으로 기억에 남는 가장 큰 행사로는 인천 베르힐 축제가 있습니다. 1,400명이 운집해 있었고 저에게 주어진 시간은 6시간이었습니다. MC, 레크리에이션, 게임 등 다양한 프로그램의 진행을 맡게 되었습니다. 주최 측 및 임원을 비롯하여 긴장해 있는 담당자까지, 모두 제게 '매우 잘 해주셨다.'라고 극찬을 아끼지 않으셨습니다. 덕분에 저는 훗날 웃음 치료를 하는 데 매우 도움이 되는 경험을 얻을 수 있었습니다.

5분의 휴식을 제외하고는 6시간 풀로 진행하였기에 체력은 국력이라는 말을 뼈저리게 느낄 수 있었습니다. 그렇게 안산에서 행사대행업 사업을 한 것은, 추후에 제가 강사가 되고 교수가 되는 데 있어서 많은 도움이 되었습니다. 제가 젊은 시절 행사대행업을 하며 겪어왔던 것들을 강사가 되고 교수가 되어서 다시 재현하여 해나가게 될 줄은 꿈에도 몰랐습니다.

그 당시, 직원을 8명이나 두고 있었으며, 안산에서 기획하여 행사를 도맡으면 많은 수익을 창출하였습니다. 그 당시에 분당의 공인중개사 체육대회 및 행사를 맡게 되면서 처음으로 생전 가져보지도 못한 2,400만 원의 계약을 체결하는 등 날로 사업은 번창하였습니다.

그 당시에 행사대행업을 하는 사람들이 없었고, 전 안산의 1호였기에 바쁘게 진행하였고 밤낮으로 열심을 다했습니다. 그 당시 동사무소(행정복지센터), 의경, 전경 행사, 안산시 길거리 축제, 기업 개업, 회갑연 행사, 아무튼 행사라는 행사는 도맡아 했으며 행복 자체였습니다.

6.

인형극과
전도를 휘어잡다

행사뿐만 아니라 이 당시 10여 년 동안 개척교회를 대상으로 어린이 전도집회를 하였습니다. 먼저 찬양으로 마음의 문을 열고 레크리에이션 강사들 그리고 전도한 아이들을 교회에 등록시켜 드리고 인형극 공연, 행운권 추첨 등 아이들과 함께하며 은혜를 나누는 전도집회를 했습니다. 그 당시 어린이 전도집회가 대세였습니다.

주부를 대상으로 인형극 공연 연출을 가르치면서 전도를 하고 각종 성경의 내용 등을 대본과 각본으로 만들어 인형극 공연을 연출하였습니다. 그리 떠들던 아이들마저도 공연이 시작되면 조용했고 자막 뒤에 숨어서 손인형으로 공연하면

또랑또랑하고 큰소리로 "네!" 하며 따라하는 아이들의 모습을 보며 이곳이 천국이라고 생각했습니다. 아이들이 감동받고 변화하는 모습을 보며 얼마나 이 사역이 귀한지 다시 한번 깨닫는 시간이 되었습니다.

현재, '쉴만한물가 작가회' 회장님이신 강순구 목사님의 교회도 그 당시에는 안산시 사동에 소재하였는데, 전 그 교회에서도 집회를 인도하였습니다. 30여 년이 지난 지금, 문학시인 사역을 하면서 그분을 다시 만나게 되어 얼마나 반가웠던지 기억해 주시던 목사님께 감사할 따름입니다.

짧지만 긴 시간인 30여 년은 정말 지나온 길을 보면 하나님의 은혜가 아닐 수 없습니다. 10여 년의 전도 집회, 찬양 집회로 전국을 돌아다녔습니다. 미자립교회는 사례금 없이 집회해 드렸고 간증 집회도 소개해 드리고 여름성경학교, 겨울성경학교 등 여러모로 하나님께서 사용하셨습니다.

또한 조그마한 수익이 있어야 하기에 그 부담은 행사 대행을 통하여 수익을 내어 운영하였습니다. 그렇게 밤낮으로 열심히 뛰어온 세월에 안산 중앙역 앞 월드코아를 얻게 되었습니다. 그런데 냉장고가 코드가 빠져 있는 사실을 모르고 냉장고 문을 열었는데 갑자기 강한 냄새를 맡은 탓에 호흡기가 세균에 감염이 되었는지 기침이 멈추질 않았습니다. 급기야 급성 심부전이 찾아왔는데 그 사실을 모르고 체한 줄만 알았던 저는 소화제 복용을 하다 병원에 갔더니 심장질환 심부전이라는 진단을 받았습니다.

신장병에 이어 제2의 질병이 찾아왔습니다. 태어날 때부터 천식으로 고생한 것에다가, 또 물에 빠져 허우적거릴 적에 지나가는 사람들이 저를 구해주는 등, 생명의 위협은 늘 있었지만 또 다시 심장병으로 고생할 줄은 몰랐습니다.

질병의 원인이 있겠지만 하나님께서 주시는 질병의 이유는 분명 있다는 사실을 깨달았습니다.

그것은 저와 같은 환자가 있을 때에 그 마음을 헤아리고 그들을 위하여 그분들을 알고 기도해주라는 뜻이었습니다.

그러나 질병에 대하여 감내하기란 쉬운 일이 아님을 알았습니다. 많은 경제적인 어려움이 따라오고 다른 것을 할 수 없기에 건강의 소중함은 여러 번 강조해도 지치지 않습니다. 급기야 오래하였던 이벤트 사업을 접어야 하는 시점에 왔습니다. 이후 안산에서 너무 어려운 환경 속에 큰 고통을 체험한 저는 헤어나올 수 없는 지경에 이르렀고, 급기야 가정이 기울어지고 아이들을 청소년 시설에까지 맡겨야 하는 상황까지 이르렀습니다.

악순환이 되풀이되었습니다. "참 예수를 믿는 것이 이렇게 어렵구나. 아니 신이 계신다면 이렇게까지 고통을 주시지 않을 건데." 주님을 만나고도 환경 속에 헤어나오지 못하는 저 자신을 발견하며 정말 이 고통이 빨리 사라지길 바라는 마음에 많은 기도를 하고 기도원을 찾아가 매달려 보기도 하고 이리저리 방황의 끝이 안 보이는 생활을 하였습니다. '버텨보자, 참아보자.' 했지만, 더욱더 고통은 몰려왔고 여러 어려운 시험과 상황에까지 처했습니다. 그리 만났던 주님은 안중에 없고 생활과 환경이 나를 짓눌러버렸습니다.

재산도, 가정도, 자녀들까지 극단적인 상황에 처하자 더이상 삶의 의욕마저 잃어버릴 때쯤 저를 불쌍하게 여기던 작은누님께서 몇 달만 집에 와서 생활하라고 하여 잠시나마 도움을 얻었습니다. 그러나 시설에 있는 아이들을 잊을 수 없어 눈물만 머금고 집 한구석에서 기도와 눈물뿐이었습니다.

물질도, 가정도, 자녀들도 어려워진 데다가, 욥처럼 또 심장병까지 찾아오니 극심한 스트레스로 인해 질환으로 인한 수술도 못 하고 그리 기다릴 수밖에 없었습니다. 그런 상황에서 하나님은 수원 성빈센트 병원에서 찾아오셨던 그 주님의 모습으로 찾아와 주시어 40일을 작정 기도하게 하셨습니다. 이에 40일 중 7일을 남기고 불현듯 주님은 "수원으로 가라."라는 음성을 제게 들려주셨습니다.

7.

수원으로 가라는
주의 음성

　머뭇거리고 의심하자 창세기 12장 1절의 "너희 본토 친척 아비집을 떠나 내가 지시할 땅으로 가라."라는 세미한 음성이 들려왔습니다. 짐 정리를 마치고 떠날 때쯤 작은누님은 떠나는 저의 주머니에 30만 원을 넣어주며 고시원이라도 얻으라고 주셨고 가진 돈 20만 원과 함께 무조건 수원으로 오게 되었습니다.

　수원으로 온 저는 갈 바를 모르고 있는데 주님께서 무작정 수원시 영통구 매탄동 소재 매탄공원에 저를 세우셨습니다. 아무도 없는 무연고지 수원, 누구 하나 의지할 곳 없는 수원에 주님께서는 왜 이곳으로 보내셨을까? 도저히 상상이 안 되는 일이었습니다. 가진 돈은 50만 원이 전부였고 이것으로 생활하기란 쉬운 일이 아니었습니다.

그럼에도 불구하고 하나님의 음성으로 온 것이기에 복이라고 여기고 순종하는 마음으로 오게 되었습니다. 어디서 어떻게 살라는 건가? 이 돈으로 무엇을 해야 하나? 정말 죽음보다 현재의 상황이 더 고통이니 말할 수 없고 상상할 수도 없는 일들이 내게 닥치고 이제 나 혼자의 힘으로 무엇을 해야 하나. 고통의 시간들을 겪었습니다. 저녁이 되어 다시 공원에서 "하나님, 살아계신 것을 믿고 의지합니다. 한 번만 기회를 주시옵소서. 주를 위해 살겠나이다."라고 외쳤습니다.

갑자기 바람 부는 것처럼 시원하더니 "아들아, 수원에 지인이 있지 않느냐?" 또다시 음성이 들려오는 것이었습니다. 분명 소리인데 바람 소리인가 뒤를 보아도 없고 앞을 보아도 보이지 않는데 잘못 들었나 싶어 기도와 묵상을 하는데 그래, 아마도 지인에게 연락을 하라고 하시는 것 같아 연락을 취했습니다.

그 정○○ 집사님은 너무 반가워 하시며 "잘 오셨습니다. 이제 상담도 수원에서 해주시면 되겠네요."라고 하셨습니다. 이분은 제가 안산에 있을 때 가정 문제로 상담을 요청하셨던 분이어서 가까이에 있으면 상담이 용이했던 것입니다. 그분은 기뻐하셨습니다만 저는 기뻐할 수만은 없었습니다.

집도 없고 일도 없고 더욱이 전 재산이라곤 50만 원이 전부였습니다. 없다고 하기도 부끄럽고 정 집사님에게 수원에 주님이 가라 해서 왔는데 집도 차도 돈도 없는데 교회는 해야겠고…. 그 소리에 갑자기 정 집사님께서 "그럼 교회를 알아보죠."라고 말했습니다. 저는 당황스러웠습니다. 가진 게 있어야 하는데…. 보증금도 달라고 할 테고 일단 부동산을 찾아갔습니다.

매원부동산(매탄동 소재)에서 계약을 하고 싶다고 하니 한 자리가 나왔다고 보러 가자고 하여 일단 가서 보고 결정하자 하고 따라 나섰습니다. 지하 70평 교회인데 겨울 지하 그을음 때문에 그런지 교회 내부가 시커멓고 해서 교회보다는 창고가 맞을 것 같아 고민하는데 정 집사님은 "다른 곳을 더 알아보자."하여 저는 "잠시 기도하고요." 하며 교회에 앉아서 기도하는데 갑자기 이곳이라는 확신이 들었고 의심하지 말라고 기도에 'YES'라는 표시를 보여주셨습니다.

'아, 여기구나.' 싶어서 정 집사님과 함께 "일단 계약은 해놓읍시다." 하고 부동산을 찾아갔습니다. "계약하고 싶다. 그런데 오늘은 갑자기 오느라 돈이 준비되지 않았고 준비할 시간이 필요하니 우선 한 달치를 먼저 드리고 보증금은 한 달 후 드리는 것으로 하면 어떻겠냐?" 하니 일단 주인이 허락해야 한다며 주인을 부르셨는데 주인은 불교 신자였습니다.

그럼에도 불구하고 주인은 교회를 세우는 것이 좋다고 하시며 흔쾌히 그렇게 하자고 하였고 선금 30만 원 월세 계약에 300만 원 보증금 한 달 후 지급으로 계약했습니다. 우선 복비는 정 집사님께서 내주셔서 교회 안에서 숙식하기로 하고 교회에서 그날 자게 되었습니다. 주님은 나를 사랑하셨던지 교회에서의 생활이 편했고 마음이 뜨거워지기 시작했고 기도가 잘되는 것이었습니다.

"그래, 여기서 교회를 시작하자. 교회 명칭은 뭐라 해야 하나."라고 생각하며 기도하는데 시편 1편 복 있는 사람이 눈에 들어오고 그 이름을 가진 교회가 생각나 복 있는 교회라고 명칭하게 되었습니다. 교회 대청소를 하고 페인트를 사다가 새롭게 단장하니 교회가 이전보다 보기 좋았고 아늑해졌습니다.

집사님과 집사님 아이들이 저와 예배드리기 시작했고 정 집사님 지인이 어려움을 당해 기도해 드리고 상담해 드렸더니 해결되었다고 300만 원을 헌금하여 한 달 만에 계약금도 마련하게 되었습니다.

교회 안에서 식사와 생활을 하고 전도도 하는데 이제 세 명이 예배하는 와중에 안산에 있는 청소년 시설에 있는 우리 아이들까지 데려와 같이 생활하며 예배하게 되었습니다. 아이들도 처음에는 지하 생활에 반대하다가 안정을 되찾았으며 이는 다 하나님의 지혜와 도움이었습니다.

그곳에 방이 딸려 있어 일단 아이들이 불편하지 않게 그

곳에서 생활하도록 하였습니다. 방이 4개인데 다 치우고 수리하여 깨끗한 방으로 꾸몄으며 도배도 새로 하게 되었습니다. 조그마한 도움이 큰 도움이 되어 교회 개척 예배를 드리게 되었습니다.

8.

온 가족이 모인
첫 예배

　형제들과 어머니 모두 초청하니 큰 교회 못지않은 기쁨이
찾아왔고 은혜로운 개척 예배가 되었습니다. 그래도 착한 두
아들이 잘 따라주었고 교회에서 두 아들은 드럼과 반주로,
정 집사님 딸은 찬양으로 인도를 하게 되었습니다.

　나중에는 지하가 가득 차는 은혜로운 교회가 되었습니다.
목사님을 모셔다가 개척 예배도 인도했고 떠나왔던 정든 가
족과 어머니, 친척들이 개척 예배에 참석해주셨습니다.

9.

복 있는
여성의류 전문점을 열다

교회에서 간절히 기도하는데 여성의류 전문점을 열 것을 말씀해 주셨습니다. 가진 것이 뻔하고 그나마 가진 돈도 교회 보증금인데 방법이 없었습니다. 또 무엇을 하라 하시는지 이해가 되지 않았지만 그래도 교회에서 기도하며 확신의 응답을 받았기에 주변을 돌아보던 중, 교회 안에서 길가 쪽으로 내려오는데 아동복 전문점이 문을 닫은 것을 보게 되었고 임대라는 단어가 눈에 들어왔습니다.

전화번호를 교회로 가지고 와서 기도하고 우리 김○○ 집사님 명의로 가게를 얻어 오픈시키고 운영할 수 있도록 기회를 드렸고 주인을 만나 똑같은 방법으로 계약을 체결하고 가게를 정상오픈하였습니다.

이때가 2009년 6월 23일 5만 원권이 처음 나오는 날이었
는데, 옷 가게에서 옷이 불타나게 팔리고 옷이 부족하게 되
었습니다. 옷에 대한 경험이 없었던 터라 구로동과 의정부까
지 가서 정보를 얻고 공장을 찾아다니며 계약을 하자고 발품
을 팔았습니다. 교회에서 한다는 말에 수긍하며 교회이니 믿
고 해보자 하며 각 5군데에서 위탁을 받게 되었고, 운영하게
되었습니다.

처음 자본금이 많이 들어가면 유지할 수 없는 데다가 혹여
나 반품이 많거나 안 팔리면 고스란히 가게가 떠안아야 하니
계약 조건에 남거나 계절이 지나면 가져가는 조건을 넣었습
니다. 그 대신 7:3이란 파격적인 계약을 하니 공급자 입장에
서는 손해 날 일이 없었고, 매장 하나를 얻는 것과 같은 효과
를 얻을 수 있었으니 서로 좋은 조건에 계약을 체결하였습니
다. 저에게 30%의 마진이지만 5군데 위탁이니 괜찮은 방법이
었습니다.

의류가 비싸거나 좀 더 채워져야 한다고 느껴질 때, 부족하다 싶으면 동대문 새벽시장을 다녀와서 옷을 구입하고 예배도 드리면서 열심히 일해왔습니다. 덕분에 교회도 점차 물질적으로 어느 정도 어려움이 없게 되었습니다. 물건이 좋다고 소문이 나자 동네를 떠나 이웃마을에서 옷을 구매하여 품귀 현상까지 벌어지게 되었습니다.

이토록 아무것도 없는 가운데 새롭게 만드시고 이루시는 그분은 하나님이셨습니다. 풀 한 포기 없던 곳에 들풀이 자라나듯 50만 원으로 시작된 교회가 600만 원이라는 두 군데의 보증금이 되었습니다. 이는 다 하나님의 은혜입니다.

어느 날 기도하는데 '김밥집을 운영해 보라.'는 메시지가 마음속을 파고들었습니다. 아니 이제 옷 가게를 한 지 얼마 되었다고 세도 나가야 하고 보증금도 없는데…. 어떻게 하라는 것인지 자꾸 의심이 들었고 이 응답이 맞는지 오히려 고민하기 시작했습니다. 물론 자비량 선교라 해도 사업을 해서 수익을 얻으려는 마음보다 교회 월세가 시급하였기에 시작한 일인데 너무 확장하는 것이 아닌가 하는 의심이 들었습니다.

무엇인가 응답을 주실 때는 유익이 있어서 주시는 것이므로 순종하고 다시 기도하기 시작하니

창세기 28장 20절에 "야곱이 서원하여 가로되 하나님이 나와 함께 계시사 내가 가는 이 길에서 나를 지키시고 먹을 양식과 입을 옷을 주사."라는 말씀이 스치기 시작했습니다. 그러면 옷 가게는 주셨고 분식 가게를 운영하라는 말씀인가 하여 알아보기 시작했는데 건물 1층에 분식 가게와 옷 가게가 나란히 있는 건물을 보게 되었습니다. 알아보니 새벽마다 일어나서 주인께서 건물에 좋은 사람이 들어오도록 기도하고 계셨습니다.

새로운 곳은 숙녀 의류 전문점이라 인테리어도 최신에 깨끗한 옷 가게여서 기존 옷 가게를 내놓고 인수 의사를 밝힌 다음 새 가게를 계약하였습니다. 옷 가게와 김밥집은 김 집사님에게 할당해 드리고 저는 뒤에서 돕고 기도하고 자리가 비면 제가 도와주고 새벽마다 일어나서 준비하는 등 매우 바쁜 활동을 하였습니다. 거기에 교회 새벽기도까지 해야 하니 쉬운 일은 없었습니다.

그런데 이유를 몰랐던 저에게 그 이유를 알게 해주셨습니다. 복 있는 교회에서 복 있는 숯불갈빗집 그리고 복 있는 분식 가게에 이르기까지, 온통 매탄 4동은 복 있는 간판이 많았습니다. 지나가는 어떤 분이 스치면서 "여기는 복 있는 동네네." 하고 지나가는 것이었습니다.

그렇습니다. 매탄동 자체가 이제 복 있는 동네가 되었습니다. 작은 누룩이 퍼져 크게 되는 것처럼 작게 시작하였던 일들이 크게 되는 놀라운 일들이 벌어지게 된 것입니다. 기적은 다른 곳에 있지 않았습니다.

10.

김밥을 배달하는
목사가 있다?

김밥 배달 목사라는 호칭이 붙었습니다. 오토바이를 타고 다니며 배달하는 목사, 아파트 어디든지 배달하는 목사가 되었습니다. 새벽기도 후부터 김밥을 말기 시작했습니다. 출근하는 사람들과 서로 보며 인사하며 "목사님 안녕하세요? 김밥 하나 주세요." 하다 보니 어느덧 김밥 목사란 호칭이 붙었고 소문이 나자 교회를 찾아오는 사람이 늘었습니다. "교회에서 운영하는 곳이라면서요." 오는 사람, 가는 사람 나이 드신 할머님들까지 김밥이라는 매개가 전도의 도구가 될 줄은 몰랐습니다. 제가 가장 어려워하는 것이 배달이라는 일입니다. 철가방으로 배달한다는 것이 저는 부끄러움이라 생각했습니다. 철가방에 김밥 배달하는 목사라니.

원래 성격이 내성적인 성격이라 사람 앞에 나서거나 만나는 것을 꺼리는 것이 제 성격이었습니다.(교회 다니며 많이 바뀌었지만요.) 배달 덕분에 교회 신도가 30여 명으로 늘었습니다. 얼마나 신이 나던지요···. 목회할 맛이 생기더군요. "그래서 하나님은 가게를 내라고 하셨구나." 뜻이 있었습니다.

권리금 없는 곳에 권리금 500만 원까지 받고 나오니 물질이 어느 정도 쌓였고 김밥집은 호황에 이르렀습니다. 삼성전자에까지 소문이 나 아침 저녁으로 70줄씩 배달도 하였습니다. 이 당시에 한 줄에 1,000원이어도 현금이라 괜찮았고 맛있는 분식집으로 소문났습니다.

오토바이로 열심히 배달해 나갔습니다. 복 있는 분식 김밥이 맛으로 소문난 이유는 재료는 농수산물 시장에서 공급한 데다가, 김밥은 쌀이 매우 중요해서 지인에게 공급받았습니다. 또 참기름이 국산이고 고소하니 그냥 밥에만 싸서 먹어도 맛있어서 소문이 날 수밖에 없는 상황이었습니다.

정말 바쁘게 지냈습니다. 짜장면 철통에다 칼국수와 김밥을 담아 배달할 거라고는 꿈에도 몰랐습니다. 새벽마다 '부르릉~'하면 "와, 김밥 목사님이시다."라는 소리가 들렸습니다. 지나가면 손을 흔들어대니 유명 인사가 되어버렸습니다. 김밥 배달 목사님. 새벽기도를 마치고 잠시 출근하는 분들을 위해 김밥을 싸고 찬양을 하며 김밥을 말았습니다.

어느덧 교회와 김밥집과 옷 가게를 운영하고 옷 가게와 김밥집이 서로 옆에 있다 보니 김밥 주문하며 옷도 함께 사게 되어 1석 2조였습니다. 김밥집 손님이 옷 가게 손님으로, 옷 가게 손님이 김밥집 손님으로, 김밥 싸는 동안 옷을 선택해서 양쪽에서 매출을 올리는 지혜를 주셨습니다. 이것도 다 기도의 응답이었습니다.

야곱에게 먹을 것과 입을 옷을 주자 분식과 옷 가게가 맞아 떨어지게 된 것이죠. 2년 후 가게가 잘 된다 싶을 때 권리금을 받고 팔아야 할 것 같았습니다. 잘 될 때 팔아야 남는 장사이니 가게를 내놓고 다른 곳을 알아보던 중, 가게 대각선에 김○○ 집사님 외삼촌이 건물주인데 1층에 숯불갈빗집을 임대로 내놓았다는 것을 알게 되었습니다.

경험이 분식 가게밖에 없던 제가 어떻게 갈빗집을 운영한다는 말인가? 기도밖에는 도저히 답이없었고 기도하기 시작했습니다. 그래 응답이라면 해야지 분식 가게를 내놓고 고깃집을 운영하기로 마음먹었습니다. 보증금 2,000만 원에 월세 110만 원이 나오고 권리금은 150만 원이 나와서 바로 계약을 체결하였습니다.

11.

복 있는 숯불갈빗집을
시작하다

  그 이후 사업이 번창하여 복 있는 교회 이름을 따서 복 있는 숯불갈빗집을 운영하는 축복도 받게 되었습니다. 여성 의류 전문점에 분식점까지, 경험도 없는 저에게 하나님은 새로운 인생의 기회를 주셨습니다. 하나님은 능력이 크시고 못 하실 것이 없는 분이시라는 것을 저는 이 일을 통해 배우는 계기가 되었습니다.

  안산에서 떠나올 때는 빈털터리였기에 주위 모든 친구들 비롯하여 망했다 하는 소문과 평판뿐이었습니다. 전화를 하면 바로 끊어버리는 친구들과 친지들을 뒤로 한 채 고향땅 안산을 등지고 돈 몇 푼에 떠나가야 하는 아픔이란 이루 말을 할 수 없었습니다. 더욱이 아이들을 청소년 시설에 맡겨야 하는 가정의 몰락은 최고의 괴로움과 아픔이었습니다.

10년 동안 안산의 친구들을 비롯하여 지인들에게 연락을 하지 않았습니다. 나의 자존심에 금이 갔기 때문이었습니다. 하지만 나중에는 잘된 모습을 보여주고 싶었습니다. 하지만 일어서야 한다. 다시 살아야 한다. 이것이 나를, 아이들을, 가정을 살리는 길이었습니다. 포기란 없습니다. 김장철에나 있는 게 포기이죠.

행복은 거저 찾아오는 것이 아니었습니다.

소소한 곳에서도 들풀이 자라나기까지 그렇게 수많은 시간들을 견디어 오게 한 것처럼 삶이 그리 순탄하지 않았습니다. 그럼에도 불구하고 지금까지 하나 하나, 걸음 걸음 걸어온 길이 하나님의 인도였습니다.

없는 것을 있는 것 같이 부르시는 하나님, 죽은 자를 살리시는 하나님, 그런 하나님을 체험하고 또 체험하였습니다.

분식 가게와 여성 의류 전문점을 운영하였던 경험을 되살려 권리금 없이 가게를 인수했던 저는 권리금을 받게 되었고 그 권리금과 계약금, 또 누님의 일부 도움으로 복 있는 숯불 갈빗집을 오픈하게 되었습다.

　처음 시작하는 갈빗집은 경험이 없는 터라 더욱이 신경을 쓰게 되었지만 하나님의 능력이 나를 사로잡아 버린다면 못 할 일이 없겠다고 생각하고 기도하며 뜻을 구했습니다. 이에 갈빗집을 시작할 때 주방 근무자를 얻어서 자녀들과 함께 가게를 운영하게 되었습니다.

　숯불갈비 고기는 경기도 영농조합 회장님께서 고기를 대 주시어 가게 운영을 하는 데 매우 큰 도움을 얻게 되었고 아이포크라는 고기를 취급하여 대박이 났습니다. 이 아이포크 고기는 어린 돼지에게 한약 찌꺼기와 좋은 식용 풀들을 먹여 키운 건강한 돼지입니다. 고기의 질뿐만 아니라 냄새도 없고 한약을 먹어서 맛은 고소하고 최상의 고기입니다. 하나 아쉬운 점은 양 대비 비싼 것이 흠입니다.

개업 6개월 동안 자리가 가득 찼고 가게는 순탄하게 돌아갔습니다. 아니, 자리가 없어 대기하는 사람까지 생기게 되었습니다. 아들들의 도움과 아르바이트 그리고 주방 보조 등 우리 교회 집사님들과 함께 운영하여 더 많은 손님들이 오게 되어 가게는 호황을 누리게 되었습니다.

삼성전자가 매탄동의 후문에 위치해 있어서 많은 직원들의 회식 등이 있는 연말에는 예약이 어려울 정도였습니다. 이렇듯 여러 정황들과 상황들은 저에게 참으로 행복한 시기였고 교회 예배 후에는 갈빗집에서 식사하고 교인들과 함께하는 시간들을 보냈으니, 이는 더 없는 행복이었습니다.

기도와 헌신, 봉사와 많은 분들의 협력으로 가게는 대박이 났고 매탄동 일대에 소문이 자자했습니다. 맛있다는 평이나 소문이 퍼졌고 많은 이들이 방문하는 가게가 되었습니다. 그러나 청천벽력 같은 일이 일어났습니다. 2년여 동안 운영하던 가게에 갑자기 구제역이 찾아왔습니다.

그래도 큰 손해 나지 않고 문을 닫았으나 일부 보증금을 제외한 1,000~2,000만 원 정도의 손해를 감수해야 하였습니다. 처음으로 많은 사업 중 국가 전염병으로 인하여 부득이 사업을 접어야 하는 실정을 겪고 나니 마음이 타들어 갔습니다.

교회는 교회대로 어려움이 찾아왔으나 그럼에도 불구하고 하나님의 은혜였고 더 큰 은혜를 사모하게 되었습니다. 교회는 그래도 처음보다 전도가 되어 부흥이 되었으나 경제적으로는 어려움이 찾아왔습니다. 저는 성도들에게 부담을 안 주려 교회 헌금보다는 자비량으로 운영하였고 교회는 나름대로 어려운 가운데서도 많은 이들의 상담과 전도로 교회는 평소 상담과 기도로 찾아오는 이들이 많이 있었습니다. 그들이 상담 후 감사 헌금을 하게 되었고, 덕분에 3년여 동안 교회가 잘 운영되었으나 여러 정황들과 상황들을 마주하고 3년 6개월 후, 결국은 교회의 문을 닫게 되었습니다.

12.

편의점도
시작해 봅니다

이후에는 잠시 변호사 사무장 일을 하면서 여러 사건들을 소개해주고 연결해주는 일을 하게 되었습니다. 그러면서 사회에 많은 이들이 여러 가지 상황과 문제들을 놓고 씨름한다는 것을 공부하면서 알게 되었습니다. 이후 프랜차이즈 관련하여 일을 도와주다가 싸게 나온 편의점이 있다는 것을 알고 방문하였는데 갑자기 '여기다!'라는 생각을 가지게 되었으며 운영을 하게 되었습니다.

처음부터 저는 경험으로 해온 일이 없기에 본사 직원이 내려와 한 달여 동안 교육과 시스템에 대하여 가르쳐주시고 프랜차이즈 운영에 대하여 많은 도움을 주었습니다. 3,000여 가지의 물건을 파악하고 아침 한 시간 동안 재고를 파악하여 물건을 주문하고 입고시키는 일은 쉬운 일이 아니었습니다. 아르바이트도 고용하였지만 쉬운 일은 없었습니다.

결국은 사장이 해야 될 일이었고 밤낮 사건 사고 없이 열심히 뛰었습니다. 가게는 잘 되었고 하루 평균 200여 명이 방문하고 주말에는 260여 명의 발길이 닿는 곳이 되었습니다. 그곳에서도 저는 기회만 되면 하나님을 전했습니다.

어느 정도 시간이 흐른 후, 아르바이트생들의 잦은 이직과 퇴직이 반복되었습니다. 밤 늦게 아르바이트하는 친구들에게는 높은 보수를 주었지만, 그들로서도 술 취한 사람들을 상대하는 일은 힘든 일이었기에 그들이 시비를 걸면 가게 운영자로서 자다가도 달려가야만 했습니다. 그렇게 자다가도 달려가야 하는 일들이 반복되자 후회감이 몰려왔습니다. 그럼에도 불구하고 끝까지 함께 해 주었던 두 아들은 저에게 큰 힘이 되었고 큰 도움이 되었습니다. 어머니의 빈 자리를 잘 견디고 씩씩하게 자란 아이들은 저에게 큰 힘과 용기가 되었습니다.

13.

희망을 전파하는
시인이 되다

처음 시를 쓰게 된 것은 26세였고, 하루 한 편씩 1만 편 이
상의 시를 써왔습니다. 그러다 어느 때가 되면 시인으로 활
동하고자 하는 계획이 있었습니다. 그럴 무렵 지인인 시인으
로부터 시집 발간을 권유받았으며 제가 쓴 시 중 몇 가지를
선별하여 2020년도에 시집도 발간하게 되었습니다. 『꽃처럼
씨앗이 되지 않을래요』, 제 시집입니다. 시는 소통과 힐링의
시입니다.

저는 청정무구의 시를 비롯하여 '쉴만한물가 작가회'로부
터 신인 문학상 공모에서 우수한 성적으로 당선되었습니다.
(2022년 12월 10일) '쉴만한물가'는 기독교 단체로 구성된 시인,

문학을 하시는 분들로 구성되어 있으며 『쉴만한물가』 4호에 3편의 시가 기고되었습니다. 지금도 하루 1~2편씩 시를 쓰고 있으며, 지금까지 1만 편 이상의 시를 썼습니다. 이렇듯 시는 저의 동반자가 되었습니다.

희망은 마음을 먹는다고 바로 품어지지 않습니다. 가슴의 상처와 응어리를 풀어내면서, 많은 사람들과 소통하고 힐링할 때 비로소 품을 수 있습니다. 청정무구한 자연 속에서 어린 시절을 보낸 시인의 맑은 영혼과 함께 해보시면 어떨까요? 가슴에 맺힌 응어리가 스르르 풀려나가는 그 자리에 맑은 영혼의 샘물이 고여 있는 것을 느끼실 것입니다. 바로 그 자리에 당신의 행복을 새겨 보시기 바랍니다. 환한 웃음으로 새겨지는 행복을 느끼실 것입니다.

시인은 꽃을 보고도 아픔을 공감합니다. 그 공감이 자신의 삶을 꽃으로 피어 올릴 수 있다는 것도 잘 압니다. 따라서 아플 때는 혼자 품고만 있지 말고 터트려 보라 합니다. 행복에 이르기 위해서는, 웃음에 이르기 위해서는, 가슴에 쌓여 있는 아픔을, 상처를 크게 터트려야 한다고 시인은 말합니다.

외로울 때는

최규훈

이른 새벽 나를 깨운다

칼바람의 고독한 한파가

부등켜 안을수록

나는 더욱

새벽을 깨운다

이기나 봐라 네가 나를

외로움아 그리움아

밤이 깊을수록

새벽은 가까이 오나니

누구 하나 발자국 없는

사막 한가운데라도

이른 새벽 나는

형형한 두 눈을 깨운다

-그리 아플 때 시를 쓴 것이 있다-
때앵 때앵 때앵
새벽 깨우는 종소리에
은은하다.

할머니 어머니
예배당에 모여
새벽기도 하실 거다
아픈 자식 낫게 해달라고
건강하게만 해달라고
하늘을 바라보며 무수히
눈물 흘리며
기도 울렸던 나날들
지금도 기도하실까
시골 예배당
할머니 어머니
새벽 종소리 아련하다

2장

저는 목사이자
웃음치료사입니다

저는 웃음치료사입니다. 웃음치료사이자 목사입니다. 안산에서 수원에 오기까지 우울증에 빠져 지냈습니다. 약을 복용하지 않았지만 심장판막질환으로 고통받았고 다른 장기들까지 약해져서 결국은 또다시 병원 신세를 져야 했습니다. 수술비 3,000만 원이 없어 수술은 할 수 없었고, 병원에서 처방 받은 고혈압 약, 이뇨제, 심장 강화제, 소화제를 먹고 지냈습니다. 그 외에 다른 처방은 받지 않았습니다. 본질적인 치료가 아니라 주먹구구식으로 질병을 안은 채 살아가야 했습니다.

어떻게 할까? 어떻게 해야 또 다시 이 고난의 늪에서 빠져나올까? 고통의 세월이었습니다. 급기야는 자식을 놔두고 죽어야겠다는 생각을 가지고 자살하려 큰아이에게 "이 문자를 받으면 이제 아빠는 이 세상 사람이 아니다."라고 이야기하고 죽으려고까지 했습니다. 그 당시 제 모습은 나약하기 짝이 없었고, 우울증과 공황 장애가 끊임없이 절 괴롭혀 못견딜 정도로 괴로웠기에, 죽을 수밖에 없는 처지가 되어버렸습니다. 그러나 죽을 수는 없었기에 버티는 도중, 기회가 되어 사회복지 기관으로부터 후원을 받았습니다. 3,000만 원이라는 돈은 아니었지만, 저렴하게 심부전을 동반한 부정맥 치료를 받게 되었고, 심장판막질환을 수술하게 되었습니다. 저는 열 시간이나 되는 긴 시간 동안 수술하고 중환자실에서 일반 병실로 옮겨 입원하게 되었습니다.

수술 후 온 몸에는 줄이 너덜너덜 달려있었고 환자복에는 피가 묻어있는 등 몰골이 말이 아니었습니다. 수술 중 잠시 위험한 시간이 있었다는 것을 입원기록지를 보고 알았는데 (30분) 이것도 하나님께서 살리셔서 쓰시기 위한 경륜이었음을 알게 되었습니다.

20여 일간의 입원을 하고 퇴원하였고 한 움큼 약을 들고 퇴원하여 약을 먹고 생활하는 신세가 되었습니다. 그래도 수술이 잘 되었다고 하니 이루 말할 수 없을 정도의 기쁨이 찾아왔습니다. 죽을 수밖에 없는 영혼을 육으로, 영으로 살리시는 하나님의 계획이 중한 수술을 통해 깨닫는 계기가 되었습니다. "우리 몸은 우리 것이 아니다."라는 말을 또 다시 실감합니다.

이후에 몸을 관리하면서 웃을 일이 없었던 터라 웃음이 좋다라는 이야기를 듣고 웃음 치료를 검색하여 자격증 취득을 했습니다. 웃음을 통해 힐링하고 싶었습니다. 네이버 검색에 웃음이란 단어를 치니 웃음치료사, 국제 웃음 치료협회, 한광일 박사의 웃음치료 창시 기관, 웃음치료사가 눈에 들어왔습니다. 곧바로 기관에 통화 후 방문하고 웃음치료사 자격증을 취득하기에 이르렀습니다.

이미 다른 기관에서도 웃음지도사 자격증을 취득하였으나 타 기관의 웃음 치료는 인정하지 않는다 하여 본 협회에서 웃음지도사 레크리에이션 펀리더십 자격증을 취득하고 매월 정기적으로 웃음치료사 자격증 과정과 강의에 열심히 참석하였고 어느덧 우울증은 사라지게 되었습니다.

'웃음의 놀라운 기적이 아닌가. 말로만 듣던 웃음의 효과가 이런 것이구나.' 하는 생각이 들었습니다. 이후, 저는 과거 20년간 했던 레크리에이션의 경험을 되살려 웃음 치료에 레크리에이션을 접목하여 각 기관에 강사로 파송되어 열심히 일했습니다.

열심히 강사비도 신경 쓰지 않고 주는 대로 받고 군부대, 기업, 학교, 교도소, 병원 암병동, 요양원, 요양병원 등 여러 기관에 출강하면서 웃음 치료가 어디에 좋은지, 아는 대로, 배운 대로, 깨달은 대로 전파하였습니다.

160시간은 경기도 지역 수원 지역에서 자원봉사를 하여 경기도 우수봉사자로 인정받았습니다. 복지관, 요양원 등 웃음 치료를 통하여 웃음과 기쁨, 행복을 안겨주는 웃음 전령사로 활동하였습니다.

서울, 동두천, 천안, 대전, 광주, 어디든지 달려갔습니다. 출장자격증 강의까지 열심히 뛰었습니다.

100명, 200명, 300명, 1,400명까지 열심히 뛰었습니다. 내가 알아야 가르치니 몸으로 뛰고 또 뛰었습니다. 웃음은 어느덧 사명이 되었고 새벽부터 일어나서 웃음으로 아침을 시작하였습니다.

웃음은 나에게도 남에게도 매우 유익할 뿐만 아니라 전파될 때 더 강한 힘이 발생한다고 합니다. 여럿이 웃을 때에 33배의 효과가 있다고 하니 웃고 살자! 그래, 웃자! 하하하하!

1.

엘림랜드전원교회

　천안 소재 엘림랜드전원교회는 광덕면에 있는 교회로 1,000평의 넓은 공간 아늑한 공간에 박물관, 찜질방, 200명 수용 공간이 있는 교회가 있는 곳입니다. 힐링의 장소 엘림랜드전원교회는 성도 한 분 한 분이 하나님의 사랑과 은혜로 살아가시는 분들이셨습니다.

　이곳은 한 번 온 사람들이 또 다시 방문하게 되는 아름다운 장소입니다.

　원래 김황래 목사님은 아산시 소재 산에서 40년간 산속 생활을 하시던 자연의 사람이셨는데 목회자로서 광덕면으로 오시기까지 숱한 어려움을 겪고는 내려오시게 되었습니다. 대한예수교장로회(호헌) 소속의 교회인데 사실 합신교단에서 호헌측 교단으로 활동하게 되었고 부교역자로서 열심히 뛰고 뛰었습니다.

교회는 시골 교회이지만 많은 이들이 방문한 데다가 교회가 열린 교회여서 각종 공연 행사를 진행하고 100~300명의 사람들이 행사에 참여하고 기록으로 남기기도 하였습니다. 거기에 '쉴만한물가 작가회'의 수양관이 있는 곳이었기에 저 또한 작가회 회원으로 열심을 다했습니다. 제가 웃음치료사로, 시인으로, 목사로 살아온 세월은 헛된 시간이 아니었기에 그곳에서 전 새로운 봉사와 헌신을 시작했고, 곧 그곳에서의 삶이 시작되었습니다.

교회 사역, 웃음 치료 사역을 병행하고 최선을 다해 일해왔습니다. 그 결과 하나님께서는 여러 일할 수 있는 여건과 상황들을 주셨고, 그때마다 저는 맡겨진 일에 열심을 다했습니다. 교회에는 한동안 부흥의 물결이 있었고, 찬양 인도와 전도로 최선을 다했습니다.

예배 후 오후에는 카페에서 커피를 마시며 성도들과 웃음 치료 레크리에이션을 진행하며 배꼽 빠지는 시간들을 보냈고, 교회 오전은 은혜로, 오후는 웃음으로 힐링하는 시간들을 가지게 되었습니다.

그렇게 열심히 하였던 어느 날, 코로나라는 불청객이 찾아왔습니다. 코로나로 인하여 교회는 문을 닫게 되었습니다. 수원에서 천안까지 가는 일도 어느덧 멈추게 되었습니다.

2.

코로나에서 시작된
웃음치료사의 길

코로나로 인하여 모든 일들과 사역과 사업 등이 정지가 되고 가게 등이 철퇴를 맞는 등 코로나는 국가의 재난이었습니다. 제게도 위기가 찾아왔습니다. 하지만 이미 웃음치료사의 길을 걸었던 저는 전국 교회는 물론 학교, 요양원, 암병동, 주간보호센터 등 안 가본 데 없이 계속해서 최선을 다해 일했습니다.

그러나 그럼에도 불구하고 결국에는 웃음치료사를 접어야 하는 실정에서, 저는 과연 웃음이 면역을 튼튼하게 하는지, 정말 만병통치약인지를 알아보고 싶어졌습니다. 웃음이 무엇이고 웃음 치료가 무엇인지 더 궁금해지기 시작했습니다.

그래서 웃음 치료를 연구했고, 그에 대한 정보를 준비했습니다. 여러분께 웃음 치료가 무엇인지 알려드리겠습니다.

웃음은 인간의 수명에 간접적으로 영향을 준다는 연구 결과가 있습니다. 그로 인해 '한 번 웃으면 수명이 3초 늘어난다.'라는 속설도 생겼습니다. 한자성어 중에 '일소일소 일로일로(一笑一少 一怒一老)'라는 말이 있습니다. 웃음은 수많은 역사를 통해서 인류가 공통적으로 발견해 낸 '좋은 약'입니다.

오늘날 웃음에 대한 의학적이고 과학적인 접근을 통해 웃음의 다양한 효과가 밝혀지고 있으며, 최근의 연구 결과를 바탕으로 웃음은 다양한 환자들을 대상으로 치료와 예방 보조제로서 사용되고 있습니다.

연구에 의하면 웃음은 심장병, 통증, 의기소침, 스트레스, 면역 등 수많은 분야에서 효과가 있다고 밝혀졌으며, 의학계에선 웃음 치료를 적극 활용하고 있습니다. 향후 과학의 발전과 함께 다양한 웃음의 효과와 치료 효과가 추가로 밝혀질 것입니다. 그러니 무엇보다 중요한 것은 이러한 연구를 바탕으로 사람들을 어떻게 웃도록 유도할 것인가, 하는 것입니다. 생활 속에서 습관처럼 웃음이 자리 잡도록 도와주는 것은 매우 중요합니다. 이러한 측면에서 웃음 치료란 "웃음으로 사람의 신체와 정신을 건강하게 하고, 삶의 질을 높이며 궁극적으로 참된 행복을 찾을 수 있도록 도와주는 것."이라고 정의할 수 있습니다.

웃음은 인간이 가지는 첫 번째 사회활동이라고 말할 수 있습니다. 웃음 자체가 부드러운 대화요, 호감의 표시이기 때문입니다. 웃음은 행복의 첫 단추이므로 행복해지려거든 웃으면 됩니다. 웃음이 있는 곳엔 언제나 즐거움이 있고 생활의 활력이 맴돕니다.

그러니 일부러 시간을 정해놓고서라도 웃어야 합니다. 얼굴도 웃고 마음도 웃어야 합니다.

표정만 그럴듯한 웃음은 진짜 웃음이 아닙니다. 그것은 단순한 근육 운동에 불과합니다.

미국에서 10년간 100세 이상 노인들의 장수 비결을 연구한 결과, 장수의 요인이 3가지로 판명되었는데 그것은 긍정적인 사고, 신앙심, 봉사 정신이었다고 합니다. 이는 낙천적인 성격이 세상을 살아가는 데 얼마나 중요한 것인가를 잘 말해주고 있습니다. 결국 긍정적인 사고가 웃음을 불러온다는 결론입니다.

3.

웃음 치료의
목적

웃음을 통하여 긍정과 자신감을 회복하여 소속감과 동료애를 고취시키고 긍정적 인간관계 형성의 기회를 제공할 수 있습니다. 또 웃음 치료는 건강을 증진시키고 삶의 질을 향상시키는데 그 목적이 있습니다.

2,500년 전에 히포크라테스는 건강하다는 것을 몸과 마음의 균형으로 보았습니다. 그래서 그는 마음에 영향을 미치는 것은 무엇이든 신체에도 영향을 미치며, 또한 신체도 마음에 영향을 미친다고 했습니다. 그는 몸이 아프면 마음까지 함께 치료해야 한다고 주장했고, 웃음이야말로 몸과 마음을 치료하는 최고의 수단이라고 말했습니다.

몸에 병이 나면 우리는 그 몸의 치료에 생각을 집중하게 되어, 마음의 문제가 결부되어 있다는 생각은 하지 못하는 경향이 있습니다. 그리하여 마음을 편안하게 하고 긍정적인 생각을 유도하는 등의 마음 치료는 조금 등한시하게 됩니다. 하지만 몸과 마음은 끊임없이 상호작용을 하며 영향을 미치기 때문에 "몸이 아프다."라고 말함으로써 관심을 특정 부분에 쏟는 것보다는 "사람이 아프다."라는 인식으로 접근해야 합니다.

따라서 건강이라고 하면 마음과 신체가 모두 건강해야 붙일 수 있는 말인 것입니다.

그렇다면 마음의 건강은 어디서 오는가? 긍정적인 삶의 태도, 감사 등 수많은 요인들이 마음의 건강에 영향을 미치고 있습니다. 그리고 이러한 모든 요인들에 웃음은 지대한 영향을 미치고 있습니다.

웃음은 우리의 신체에 실제적인 영향을 미치며 나아가 우리의 마음을 건강하고 즐겁게 하는 가장 탁월한 방법입니다.

즐겁게 웃는 웃음은 우리의 최고의 약입니다. 웃음 치료란 신체적, 정서적, 정신적, 사회적, 문화적으로 불리한 것이 있다면 그것을 웃음으로 예방, 재활, 치료하는 것을 말합니다.

웃음 치료의 효과는 다음과 같습니다. 스트레스를 진정시키고 혈압을 떨어트리며, 혈액 순환을 개선시킵니다. 3~4분의 웃음은 맥박을 배로 증가시키고 혈액에 더 많은 산소를 공급합니다. 산소 공급을 2배로 증가시켜 머리를 맑게 합니다. 소화 호르몬을 촉진시켜 천연소화제의 역할을 합니다. 한번 웃는 것은 에어로빅 5분의 효과를 나타내며, 웃음은 감기 예방에 특효약입니다.

세균의 침입이나 확산 예방 및 천연적 진통제인 엔도르핀을 분비시켜 육체의 고통을 덜어주며 체내 면역력을 향상시키는 무형의 보약입니다.

엔도르핀을 생성하여 암환자의 통증을 경감시키며, 하루 15초 웃으면 이틀을 더 삽니다.

웃음의 위대함을 일깨우는 명언 5가지도 함께 만나봅시다.

"웃음은 보약보다 낫다." - 동의보감

"한번 웃으면 한번 젊어진다." - 중국 속담

"웃는 얼굴에 침 뱉지 마라." - 한국 속담

"웃으면 복이 온다." - 한국 속담

"웃음은 최고의 미용제다." - 미국 속담

4.

웃음과 암

　암 환자들에 대한 대체 요법은 최근 전세계적으로 붐을 일으키고 있는데 웃음 요법은 그중 한 방법입니다. 암 환자들의 기분 상태가 악화되고 자존감이 떨어지면 실제로 면역기능 등이 떨어져 암 투병 포기로 이어질 수 있습니다. 이때, 웃음 요법을 통해 환자들의 기분 상태와 자존감을 높여준다면, 환자들이 포기하지 않고 암 치료 과정을 끝까지 이겨낼 수 있게 된다는 것입니다.

　서울아산병원 암병원 연구팀은 방사선 치료를 받고 있는 암 환자에게 웃음 요법을 시행하고 심리적 효과를 측정한 결과, 우울·분노 등 부정적 기분 상태가 무려 88% 줄어들고 자아존중감이 12% 증가한 사실을 확인했다고 최근 밝혔습니다.

우울 · 분노 등은 인체의 면역 기능에 큰 영향을 미칩니다.

연구팀은 방사선 치료를 받는 암 환자 62명을 두 그룹으로 분류해 비교연구를 진행했습니다. 대상군 33명에게는 정기적인 웃음 치료와 방사선 치료를 함께 실시하고 나머지 29명에게는 방사선 치료만 시행했습니다.

한 달에 걸쳐 3회의 웃음 요법을 진행하고 기분 상태 척도와 로젠버그 자존감 지수를 활용해 변화 정도를 측정한 결과, 두 그룹 간에 나타난 심리적 상태의 변화에서 큰 차이가 확인됐습니다. 기분 상태 척도는 긴장, 우울, 분노, 활기, 피곤, 혼돈의 6개 세부 항목으로 이루어진 평가 척도로. 점수가 높을 수록 해당 기분 상태가 강한 것으로 평가됩니다.

로젠버그 자존감 지수는 자존감과 관련한 5개의 긍정적 · 부정적 각 5개 문항으로 구성된 평가 척도로 점수가 높을수록 자존감이 강한 것으로 평가됩니다.

웃음 요법을 받은 그룹에서는 기분 상태 측정에서 긴장, 우울, 분노, 혼돈, 활기 등의 점수가 약 88% 개선된 것으로 나타났고, 웃음 요법을 시행하지 않은 그룹은 약 1% 개선에 그쳤습니다.

아울러 자존감 지수에서도 웃음 요법 시행 전, 두 그룹 간의 자존감 지수는 큰 차이가 없었으나, 웃음 요법을 받은 그룹은 약 12% 증가한 반면, 웃음 요법을 받지 않은 그룹의 경우 자존감 지수는 통계적으로 유의한 변화를 보이지 않았습니다.

안승도 서울아산병원 암교육정보센터 책임교수(방사선종양학과)는 "암 투병 과정에서 가장 중요한 것 중에 하나가 바로 암을 이겨내겠다는 의지"라며 "암 환자들이 투병 과정을 끝까지 이겨낼 수 있도록 웃음 요법뿐만 아니라 다양한 대체요법 프로그램을 개발하고 운영하는 데 힘쓰겠다."라고 말했습니다.

이번 연구 결과는 웃음 요법의 효과를 과학적으로 확인했다는 점에서 높은 평가를 받고 있습니다.

한편, 서울아산병원 암병원에서는 2009년부터 매주 수요일 '신나는 웃음교실'을 운영해 암환자와 가족이 함께 웃고 웃음의 효과에 대해 배울 수 있는 자리를 마련하고 있습니다. 이 외에도 '명상치료', '발마사지', '원예치료' 등 암환자와 가족이 직접 참여하는 대체 요법 프로그램을 운영하며 암치료와 암환자들의 삶의 질 관리에 힘쓰고 있습니다.

5.

행복지수를
높입시다

행복지수를 높이기 위해서는 복합 유익균과 유익균의 먹이원인 발효 식이섬유소를 함께 섭취하여 장내 정상세균총을 복원하는 노력이 중요합니다. 많은 연구에서 웃음 호르몬 엔도르핀, 행복 호르몬 세로토닌, 감동 호르몬 다이돌핀, 사랑의 호르몬 옥시토신 등 다양한 호르몬과 함께, 영양 균형, 전해질 균형도 중요하지만, 장내 세균 균형도 바로잡아 주어야 한다고 제시하고 있습니다.

인도에서 시작된 '웃음 요가'는 전세계적으로 유명합니다. 영국 의료건강 전문지 〈헬시 매거진(Healthy Magazine)〉은 인도 뭄바이의 의사 마단 카타리아 박사가 1955년 시작한 '웃음 요가'를 소개하면서 웃음의 효과를 정리했습니다. 혼자 만들어 웃는 웃음도 환자들에게 도움이 된다는 데서 기초해 '억지로라도 웃어라, 그래도 효과는 있다.'라는 이론을 만들어낸 카타리아 박사의 웃음이야기를 다음 「웃음의 효과」에서 소개하겠습니다.

6.

웃음의 효과

1분 웃으면 10분의 운동 효과가 나타나며, 가슴과 위장, 어깨 주위의 상체 근육이 운동을 한 것과 같은 효과를 얻습니다. 쾌활하게 웃으면 우리 몸 속의 650개 근육 중 231개의 근육이 움직입니다.

웃을 때의 얼굴 근육은 15개가 움직이며 인간의 신체는 진짜 웃음과 가짜 웃음을 구별하지 못하며 일부러 웃는 웃음이라도 같은 효과를 나타냅니다. 웃는 것도 연습이 필요합니다. 억지로 웃는 연습을 자주 하다 보면 찡그린 표정은 사라집니다. 웃음은 신체의 전 기관에 긴장 완화를 줍니다.

① 웃음은 감기 예방에 특효약이다

웃기는 비디오를 본 그룹과 가만히 방에 앉아 있는 그룹의 침에서 1gA의 농도를 실험해본 결과, 웃기는 비디오를 본 그룹의 침에서는 1gA의 농도가 증가했고 다른 그룹은 변화가 없었습니다.

여기서 1gA은 면역 글로불린의 하나로 감기와 같은 바이러스의 감염을 막아주는 역할을 합니다. 즉 각종 면역 세포들과 면역글로불린, 사이토카인, 인터페론 등이 증가되었고 코티솔 등 각종 스트레스 호르몬이 감소되었다는 것입니다.

② 대체의학 치료에 효과가 있다

암을 극복하는 방법 중의 하나로 웃음 치료가 활용되고 있습니다. 서울의 한 암 대체 요법 클리닉에서는 가족 간의 사랑을 북돋움으로써 체내의 면역력을 강화해 암세포와 싸우는 보완대체의학 방법을 쓰고 있다고 합니다. 결국 암은 면역 체계의 기능이 떨어졌기 때문에 발생한 것이니 면역력을 높여주면 좋은 효과를 얻을 것은 명약관화(明若觀火)한 일인 것입니다.

1) 뇌하수체에서 엔도르핀이나 엔케팔린 같은 자연 진통제가 생성된다.

2) 부신에서 통증과 신경통과 같은 염증을 낫게 하는 신비한 화학물질이 나온다.

3) 동맥이 이완되어 혈액이 잘 순환되고 혈압이 조절된다.

4) 신체 전 기관의 긴장이 완화된다.

5) 혈액 내의 코티졸이라는 스트레스 호르몬의 양이 줄어든다.

6) 스트레스와 분노, 긴장이 완화되어 심장마비가 예방된다.

7) 심장 박동수가 높아져 혈액 순환이 좋아지고 몸의 근육이 이완된다.

8) 뇌졸중의 원인이 되는 순환계의 질환이 예방된다.

9) 암환자의 통증이 경감된다.

10) 3~4분의 웃음으로 맥박이 배로 증가되고, 혈액에 더 많은 산소가 공급된다.

11) 가슴과 위장, 어깨 주위의 상체 근육이 운동을 한 것과 같은 효과를 얻게 된다.

③ 친밀도와 호감에 대한 연구

로버트 프로빈(메릴랜드주립대학 심리학 및 신경과학과) 교수는 웃음은 유머에 대한 생리적인 반응이 아니라 인간관계를 돈독하게 해주는 사회적 신호 중의 하나라고 주장합니다. 그는 연구에서 1,200명의 웃으며 대화를 나누는 사람들을 연구하였는데, 농담이나 재미있는 이야기 때문에 웃는 경우는 10~20%에 불과하고 대부분 "그동안 어디 있었니?" 혹은 "만나서 반가워요." 같은 일상적인 대화를 나눌 때 가장 많이 웃는다는 것을 알아냈습니다. 결국 대화 상대에게 친밀감이나 호감을 느끼기 때문에 대화를 나누는 것 자체가 즐거워 웃는 것이지, 농담을 주고 받아야만 웃음이 넘치는 건 아니라는 얘기입니다.

④ 웃음과 낙천적 성격에 대한 연구

낙천가에 대한 연구로 유명한 마틴 셀리그만(펜실베니아대학교) 교수는 심장 마비를 겪었던 사람 중 8년 이내에 두 번째 심장 마비가 온 32명을 분석했습니다. 그 결과 인생을 비관적으로 산 사람은 16명 중 15명이 사망했으나, 웃고 즐기며 사는 사람은 16명 중 5명만 사망했다는 사실을 밝혀냈습니다.

⑤ 웃음과 스트레스

독일 티체 박사에 의하면 웃음은 모든 질병의 근원인 스트레스를 진정시키고 혈압을 떨어뜨려 혈액 순환을 개선시키는 효과가 있을 뿐 아니라 면역 체계와 소화 기관을 안정시키는 효과도 있다고 합니다. 화가 나지 않아도 화내는 표정을 하면 심장 박동수와 피부 온도가 올라가지만 웃는 표정을 지으면 반대의 생리적인 변화가 일어나서 스트레스가 경감된다는 것입니다.

⑥ 인체의 면역력 증가 효과

오사카대학교 의학부 정신의학 교실에선 웃음이 암세포를 죽이는 인체 내 자연 살상 세포를 활성화시킨다는 사실을 실험을 통해 입증했습니다.

⑦ 스트레스 경감 효과

고려대학교 의대 가정의학과 홍명호 교수는 웃음이 "행복 호르몬인 엔도르핀 분비를 높이고, 스트레스 호르몬은 떨어 뜨려 혈압, 심장 박동, 혈당치의 안정을 유지시켜준다."고 말 했습니다.

⑧ 인체 장기와 근육을 자극하는 효과

폭소의 경우 횡경막을 이용한 빠른 복식호흡을 하게 됨으 로써 가슴과 위, 장, 어깨 주위의 상체운동을 한 것과 같은 효과를 얻습니다.

모든 질병의 원인이 되는 스트레스가 없는 세상에서 살 수 는 없습니다. 스트레스는 위장병, 동맥 경화, 불면증, 우울증 등을 가져오기도 하지만, 스트레스는 잘만 극복한다면 때로 디저트처럼 맛있는 삶의 윤활유가 될 수도 있습니다. 스트레 스를 받을 때 인상을 쓰고 얼굴을 찡그릴 것이 아니라 거꾸 로 한번 웃을 수 있는 여유를 가져보는 것은 어떨까요?

로마린다대학교 의과대학의 리버크 교수와 스텐리 교수가 10명의 남자들에게 1시간짜리 배꼽을 잡는 비디오를 보여주면서, 비디오를 보기 전과 볼 때, 그리고 보고 난 후의 혈액 속의 면역체의 증감을

연구한 결과, 웃을 때 체내에 세 병균을 막는 항체인 인터페론 감마 호르몬이 200배 증가한다는 사실을 발표했습니다.

인터페론 감마는 T세포를 성장시키고 백혈구를 활성화시키며 B세포를 성장시켜 건강을 증진시킵니다. 10초 동안 배꼽을 잡고 껄껄껄 웃으면 3분 동안 힘차게 보트의 노를 젓는 것과 같은 운동 효과가 있으며, 15초 웃으면 이틀을 더 오래 살 수 있다고 합니다.

한번 크게 웃으면 우리 몸에서는 엔도르핀과 엔케팔린이라는 좋은 호르몬이 나오는데, 이것을 돈으로 환산하면 약 2백만 원 어치의 가치가 있다고 합니다. 이렇듯 웃음으로 돈도 벌 수 있습니다. 이렇게 좋은 웃음인데도 보통 어른들이 하루에 웃는 횟수는 겨우 15번에 불과하다는 조사 결과가 있

었습니다. 반면에 어린아이들은 하루 400번을 웃는다고 합니다.

그 이유는 무엇일까요? 사회적인 지위, 명예, 돈, 학식 등을 따져 지위 고하를 따지는 사회에서 살아가다 보면 여러가지 위축되는 일도 많고, 자존심이나 권위 등을 내세워 얼굴이 굳어지는

모양입니다. 웃는 것도 훈련이 된다면 장소에 상관없이 혼자 웃을 수 있습니다. 가장 효과가 좋은 웃음은 함께 모여 여럿이 웃는 것으로 혼자 웃는 것보다 33배나 효과가 높다고 합니다.

우리 속담에 '소문만복래(笑門萬福來)'가 있듯이 서양 속담에는 '웃음은 내면의 조깅(jogging)'이라는 말이 있습니다.

웃음은 그렇게 동서양을 막론하고 두루 통용되는 묘약이며 명약인 것입니다. 아무리 최고의 명의라 해도 의사가 고칠 수 있는 병은 20%에 지나지 않는다고 합니다. 그렇다면

나머지 80%의 병과는 우리 스스로 싸울 수밖에 없습니다. 그럴 수 있는 방법의 하나가 바로 웃음입니다. 대체의학이요, 통합의학이라고 할 수 있는 웃음 치료를 잘만 활용한다면 우리 인류는 지금보다 훨씬 나은 여건 속에서 삶을 영위할 수 있을 것입니다.

웃음이 이토록 중요한 이유는 건강이 호르몬에 관계돼 있고, 웃음과 건강이 불가분의 관계에 있기 때문입니다.

7.

코로나,
웃음의 위기가 찾아오다

코로나는 모든 것을 앗아가 버렸습니다. 사람과의 관계를 두절시켰고, 여행을 금지시켰으며, 더욱이 하나님께 드리는 예배는 드릴 수 없게 되었으며, 코로나에 감염되면 폐쇄되고 입원조치되는 상황에 처하게 되었습니다. 하지만 저는 이미 코로나와 관계 없이 웃음 치료를 준비하고 있었습니다. 면역을 튼튼하게 해주는 웃음이야말로 위기를 기회로 만드는 핵심 요소라고 생각한 것입니다.

코로나의 위기에도 자격증 과정이 개설되어 국제웃음 치료협회 서울중앙지회가 만들어졌습니다. 처음에는 천안중앙지회에서 웃음 치료 전과정(웃음지도사, 레크리에이션, 펀리더십 각 1

급)이 시작되었는데 천안에 있는 엘림랜드를 비롯하여 이후
에는 안양에 있는 기안빌딩에서 웃음 치료 전 과정을 실시하
였습니다.

저는 위기를 기회로 삼아야 한다고 생각했으나 많은 지회
에서 웃음 치료를 중단하였고 이 와중에 코로나에 걸려서 위
험하다는 소문이 나서 저희 지회에도 위기 아닌 위기가 찾아
왔습니다. 과연 멈추는 것이 살 길인지, 진행해야 하는 건지
를 가늠하지 못하고 늘 고민하면서도 내가 안 하면 웃음 치
료는 할 수 없다고 생각하고 쉬지 않고 진행하였습니다. 후
에 안 일이지만 잘했다는 생각과 판단이 들었습니다.

다 포기한다고 포기했더라면 여기까지 설 수도 없었을 것
입니다. 덕분에 국제웃음 치료협회 석좌 교수직을 부여받았
고, 한국레크리에이션 협회 부회장을 맡게 되었으며, 서울지
역 전국 명강사 대축제를 비롯하여 전국민이 웃는 그 날까지
웃음을 전파하는 삶을 살아가게 되는 계기가 되었습니다.

전국에 내로라하는 명강사를 초빙하여 강연을 했고, 한광

일 박사의 강의는 웃음치료사 창시자로서 많은 도움과 큰 도움을 얻는 계기가 되었습니다. 처음 자격증 과정은 매월 2주와 4주 토요일에 진행하였으며, 처음에는 8명으로 시작하였던 과정이 타 지회에서 진행하지않아 더 잘되는 계기로 변환되었습니다.

저는 웃음치료사(지도사, 레크리에이션, 펀리더십) 자격증을 취득하여 강사로 발돋움하게 되었으며 강사로서 전국 유명 명강사를 배출하는 게 꿈이 되었습니다. 그 꿈이 국제 미래강사 교육 연구원을 열게 되는 계기가 되었습니다.

이후, 100명, 200명, 300명의 강사들이 배출되는 놀라운 일이 생기게 되었습니다. 1년여 기간 동안 유지하며 9기까지 마친 후에는, 인덕원 사거리에 비용은 하루 34만 원의 임대이지만 좀 더 좋은 장소에서 퀄리티 높은 강의를 준비하게 되었습니다. 이후에는 전국에서 자격증 과정을 배우려는 사람들이 몰려오게 되었고, 코로나 시절이 겹쳤기에 직업을 그만두고 새 직업을 가지려 찾아오는 사람들이 많아지게 되어 자격증 과정이 활화산처럼 타오르게 되기도 했습니다.

물론 자격증 과정이 평탄치만은 않았습니다. 강사 섭외, 강의 장소뿐만아니라 커리큘럼이 매달 바뀌어야 하는 상황이라 쉬운 일은 없었습니다. 그러나 포기란 없었습니다. 자격증 과정은 저의 인생과도 같았던 데다가, 이를 통해 코로나도 극복할 수 있었던 만큼, 제게는 이 모든 게 하나의 중요한 과정이었기 때문입니다. 찾아오는 사람들은 점점 많아져 간호사, 요양보호사, 목사, 강사들, 봉사단체뿐 아니라 기업체와 병원 등지에서도 찾아오게 되었습니다. 건양대학교 스포츠의학과에서 41명의 학생들에게 자격증 과정을 열게 되었고 3시간여 동안 코로나 시기여서 비대면으로 강의하게 되었습니다.

비록 짧은 시간이지만 알차고 보람되게 가르치게 되었고 최선을 다했습니다. 자격증 과정이 없는 날이면 저자는 전국을 가리지 않고 요양 병원, 암병동, 요양원, 군부대, 기업체, 학교, 교회 특수시설 등 다양한 곳에서 전국민이 웃는 그 날이 되기를 소망하며 웃음으로 전국을 누볐습니다. 재초청 강의가 쇄도했고, 유튜브, 블로그, 인스타그램, 페이스북 등이 홍보의 매개가 되어 전국으로 입소문이 나게 되었습니다.

8.

KBS <아침마당>에
내가 나오다니

방송 출연 제의가 들어왔습니다. 아침에 방송되는 프로그램이었는데, 더위 탈출을 목적으로 시원한 웃음 치료를 하는 강사 3명을 초청한다는 것이었습니다. 어떻게 아셨냐고 하니까 네이버 블로그에서 기타 치고 웃으면서 강의하는 모습을 봤고, 재미있을 것 같고 유익할 듯하여 제의한다고 했습니다.

남은 시간은 1주일입니다. 아침마다 웃으면서 공원에 가서 대본과 애드립을 어디에서 해야 적당한가를 준비하였고, 철저히 대본을 숙지하여 나만의 웃음 치료 현장을 약 30분 분량으로 만들게 되었습니다.

첫 방송, 생방송 출연이라 내심 떨리기도 하지만 저에게는 위기가 좋은 기회라 생각됐습니다. 좋은 프로그램을 만들고자 욕심이 났습니다. 대본이 너덜너덜할 정도로 읽고 또 읽고 대본이 찢어지면 테이프로 붙여서 계속 반복에 반복을 더 하였습니다.

준비 또 준비였습니다. 자다가도 벌떡, 첫 방송, 생방송이라 더 긴장이 되었지요. 기회를 놓치느냐 잡느냐가 관건입니다. 기회란 자주 찾아오는 게 아니니까요. 그렇습니다. 뭐든 바로 지금입니다.

시작이 반이 아닙니다. 시작하면 끝을 봐야 합니다. 드디어 초대받아 1일 매니저를 두었습니다. 방송 쪽에 일을 했던 오주희 강사님이 일일 멘토를 해주셨습니다. 방송국에 들어가자마자 홀이 눈에 보이고 확 트인 공간에 KBS, 말로만 듣던 방송국. 사실 나는 방송국에 처음 발걸음합니다. 기회가 없었고 기회조차도 없었습니다. 아니 방송국에 갈 일이 더욱이 없었습니다. 그런데 방송 출연 제의라니, 그것도 공영방송 KBS에 말입니다.

생각지도 않은 코로나 시절에 KBS 이홍희 작가로부터 연락이 왔습니다 생방송이라 더욱이 신중할 수밖에 없었습니다. 대본에는 없으나 재미있게 프로그램을 이끌어 나가려면 어느 정도의 스킬이나 애드립 정도는 가지고 있어야 했습니다. 첫 출연, 첫 방송이었던 저에게는 상당한 부담이 아닐 수 없었습니다. 하지만 결국은 첫 방송 출연을 잘 준비했습니다.

MC의 인도로 방송국 내 분장실로 안내되었고, 출연진들과 인사를 나눴으며, 담당 작가의 멘토링이 있었습니다. 약간의 긴장이 따라왔습니다. 어린아이가 주사 맞으러 대기하는 것과 같기도 하고 긴장 속의 연속이었습니다. 하지만 준비를 잘해온 터라 생방송 〈아침마당〉 출연은 자신 있었습니다. 방송 사회자, 김빅토리아, 최연수 진행으로 3명의 출연진과 함께 출연했습니다.

최규훈 강사(웃음 레크리에이션), 이복자(숟가락 난타), 강정희(트램펄린 점프)의 출연으로 방송이 한층 더 빛이 났습니다. 첫 출연은 대성공이었습니다. 노래와 웃음을 접목한 웃음 레크리에이션으로 막을 열었고 반응은 뜨거웠고 폭소와 웃음이 끊이질 않았고 대성공이었습니다. 24분의 출연 분량을 실수 하나 없이 잘 소화하여 첫 방송인데도 자신감을 얻었고 저를 많은 곳에 알리는 계기가 되었습니다.

그냥 웃는 웃음이 아니라 레크리에이션을 가미한 웃음은 꼭 필요한 프로그램의 일부분이었습니다. 웃을 때 우리는 웃는 것인지 우는 것인지 분간할 수 없을 정도로 표정 관리가 안 되었습니다.

그래서 출연하고 나서 방송에 웃음의 유익과 남녀의 웃는 법을 소개하고 동요를 부르며 웃음을 첨가하니 금상첨화(錦上添花)였습니다. 또한 각 기관에서 웃음 활동을 하는 것을 소개하고 어르신을 공략할 수 있는 방법도 방송을 통하여 소개했습니다.

아나운서 진행자를 비롯하여 패널들이 참석하여 대화하며 질문하는 토크식으로 진행하며 흥미롭게 웃음 치료와 치료 레크리에이션인 웃음 레크리에이션을 실시하였습니다. 방송을 시청한 시청자들에게서도 좋은 반응과 호응이 있었고 강의 소개도 들어오게 되었습니다.

저희 어머니께서 방송을 보시고 우신 것은 힘든 시절 홀로 고생하시며 일찍 아버지께서 돌아가시어 자녀를 키우시면서 그리 고생하시던 어머님이셨기에, 아들의 방송 출연이 각별한 의미가 있었던 것이었습니다.

2024년 2월, 어머님을 수원으로 초대했습니다. 88세의 연세에도 불구하고 수원에 오시어 갈비탕을 한 그릇 다 비우시는 모습을 보시고 건강하신 부분에 대하여 하나님께 감사하였습니다. 무엇보다도 오랫동안 장수하시며 삶을 보내시는 어머님의 모습, 매일 새벽기도하시며, 좋은 신앙을 보여주시는 모습이 아들인 저에게는 참으로 기뻤고, 지금도 그 모습이 눈에 선합니다.

훌륭한 부흥강사가 되게 해달라고 기도하시는 어머님의 모습과, 하늘나라에서 지켜보시며 흐뭇해하실 아버님의 모습, 2남 3녀의 자녀들이 부모의 귀감이 되어 잘 사는 모습에 감사할 따름입니다.

여동생은 경기도 사회복지사 팀장으로 보건복지부 장관 상을 수여받은 바 있습니다. 작은누님은 영어 강사로, 형님 은 목회 활동으로 안산에서 개척하셨습니다. 믿음으로 말하 면 한 집안에 목사가 2명이 배출되고 집사에 권사에 모두가 기독교 신앙을 영위하고 있습니다. 이도 다 하나님의 은혜입 니다. 우상을 섬기는 유교 집안에서 기독교 집안으로 바뀌어 서로 각자의 위치에서 섬기는 모습은 정말 아름답고 훌륭한 모습입니다.

저의 자녀는 2남으로, 첫째는 통증 완화 클리닉에서 6년간 일하고 있으며 직장에서 열심히 노력하며 보내왔습니다. 열 심으로 말하면 따라갈 수 없고 드럼, 기타 작곡 등 다양한 달 란트로 쓰임을 받고 있습니다. 장년 드럼, 청년 리더 등 신앙 으로 잘살아가는 모습에 너무 감사합니다.

그리 어렵고 힘들 때 고통 당하고 기다려준 아이들이어서 너무 고마울 따름입니다. 둘째는 수원에서 오토바이 배달앱 으로 배달 업무를 하고 있으며 동반자도 함께 아들의 일을 돕고 있습니다. 말없이 따라와주고 아버지의 말이라면 무조

건적인 순종하는 모습은 아브라함의 아들 이삭의 모습과도 흡사합니다. 이토록 자녀들이 잘 따라와 주어 정말 아이들이 저에게는 큰 재산과도 같습니다. 아직 결혼하지 않은 며느리 격인 미희 딸은 둘째와 살고 있습니다.

"자식들은 여호와의 주신 기업이요 태의 열매는 그의 상급이로다.(시 127:2)" 그 아이들이 있기에 버틸 힘이 생기게 되었습니다.

9.

경기도 우수 자원봉사자로
선정되다

저, 최규훈 목사는 2020년 7월 1일, 160시간의 의료 지원 복지 공연 웃음 치료 활동을 인정받아 경기도 자원봉사자 우수자로 선정되는 축복도 받았습니다. 봉사와 섬김은 기독교인이 먼저 실천해야 할 일입니다. 전 어디든지 필요로 하는 곳마다 밤낮으로 달려갔습니다. 코로나 때에도 쉼없이 면역을 튼튼히 해주는 웃음치료사로서 강의, 강연에 최선을 다하였습니다.

10.

암 병동의
웃음치료사

1,400명까지 웃음이 필요한 곳으로 어디든지 달려갑니다. 특히 암환자 병동의 웃음 치료는 매우 어렵습니다.

요양병원, 요양원, 암병동 웃음 치료는 쉬운 것이 아니었습니다. 마음의 문이 닫혀있고 웃으라 해도 웃지 않는 특징이 있습니다. 얼마 남지 않았다고 생각하기에 웃을 일이 없는 그들입니다.

암환우 웃음 치료는 많은 준비와 고난도의 강연이 요구됩니다. 웃으면 좋아진다는데, 웃으면 젊어진다는데, 면역이 튼튼해진다는데, 행복해서 웃는 것이 아니라 웃으면 행복해지는 거라고 그렇에 열심히 환우들에게 말해야 합니다. 크게 길게 웃어보라고, 웃으면 각종 호르몬이 분비된다고 말해야 합니다. 암환우에게는 NK세포라고 하는 자연살상세포가 웃을 때 분비되어 면역을 튼튼하게 하여 건강을 회복시켜줍니다.

각 교회, 암병동, 요양원, 군부대, 학교, 대학교, 어디든지 웃음이 필요한 곳이면 달려갑니다. 15초 동안 박장대소로 웃으면 뇌하수체에서 각종 호르몬이 분비되면서 면역이 좋아지고 건강을 유지해줍니다. 수원 성빈센트병원 암병원에서 1년여 동안 웃음 치료 강사로 활동하고 복음과 웃음 치료를 위해 헌신해왔습니다. 현재에도, 코로나의 위기에도 면역 체계를 가르치며 웃음치료사 과정을 거듭해 왔고, 대체 치유 강사를 하며 발로 뛰는 강사가 되었고, 시인이요, 목사로도 활동했습니다. 전국민이 웃는 그날까지 웃음 치료는 계속됩니다. 지금도 10년 동안 웃음치료사로 활동하고 있습니다.

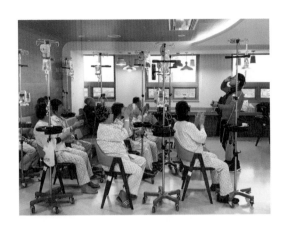

11.

이제는
대학교수입니다

성실함을 인정받아 특강 강사 법인 교수로 위촉 받아 지내오던 중 한국열린사이버대학교 통합치유학과에서 특임교수로 임명한다는 소식을 듣게 되었으며, 현재에는 통합치유학과에서 자연치유산업학과 특임교수로 임명 받아 활동하고 있습니다. 전국에 강연과 강의를 하고 있으며, 자격증 강의 그리고 학교, 기업체, 공공기관, 병원, 군부대, 특수시설까지 다양한 곳에서 강의하며 방송 활동도 활발히 하고 있습니다.

안산에서 떠나올 때 50만 원을 들고 하나님의 음성을 듣고 따라온 결과는 후회와 통탄의 삶이 아니었습니다. 오히려 광야에서의 생활을 청산하고 다시 가나안 땅을 향해 나아가는 위기가 기회 되는 삶을 살게 되었습니다.

　저는 요셉이 아닙니다. 그러나 아브라함에게 본토 친척 아비집을 떠나라 하시고 사명을 주셨고, 요셉에게도 형제들과 아비집에서 떠나라 하시고 사명을 주셨듯이, 하나님께서는 제게도 사명을 주셨습니다. 하나님께서는 요셉에게 아비집에 머물러 있는 것이 아니라, 한 가정의 구원 나아가 한 국가를 구원할 원대한 꿈을 위해 애굽으로 가게 하셨습니다. 그런 꿈을 하나님은 가지고 계셨습니다. 저 또한 하나님의 사명을 위해 그렇게 쓰임 받음에 감사할 따름입니다.

요셉의 삶은 형제들의 시기와 모함을 받고 버림받기까지 한, 참으로 고난이 가득한 삶이었습니다. 그러나 그는 애굽에서 총리가 되었고, 죽은 줄로만 알았던 요셉이 애굽에서 살아있다는 소식을 듣게 된 아버지 이삭의 기쁨은 마치 그 복음 자체였을 것입니다.

모세는 다른 캐릭터보다 요셉에게 더 많은 분량을 할애해서 창세기를 기록했습니다. 이는 아담이나 노아뿐만 아니라 아브라함과 이삭과 야곱 같은 족장들의 중요성을 생각해 볼 때에도 놀라운 사실이 아닐 수 없습니다. 게다가 창세기 이후로 성경 전체에서 요셉이 그리 중요하게 거론되지 않는다는 사실을 고려하면, 그 놀라움은 더 커집니다. 그렇다면 요셉 이야기를 과연 어떻게 생각해야 할까요? 왜 그 이야기가 창세기에서 그처럼 두드러지게 나타나는 것일까요?

많은 크리스천들은 요셉 이야기가 어떻게 창세기의 서사라든가 전체 구속사에 기여하고 있는지를 잘 파악하지 못합니다. 흔히 개혁주의 전통에 속한 설교자들은 하나님의 주권과 인간의 책임이 어떻게 교차하는지를 예증하기 위해 요셉 이야기를 활용하곤 합니다. 주로 창세기 50장 20절 본문에 집중해서 말입니다. "당신들은 나를 해하려 하였으나 하나님은 그것을 선으로 바꾸셨습니다. 물론 우리는 이 구절을 염두에 두고 요셉의 인생을 해석해야 합니다. 하나님의 주권은 창세기 37장에서 50장에 이르는 긴 본문의 중심 주제일 뿐 아니라, 요셉 스스로가 자신의 인생을 하나님의 섭리에 따라 해석하도록 요구하고 있기 때문입니다.(창 45:1-9)"

하지만 요셉 이야기를 예컨데 양립주의(compatibilism) 교리를 설명하기 위한 스토리로만 축소시켜 읽는다면, 그의 인생이 성경 전체의 줄거리에 얼마나 풍성하게 기여하는지를 놓치게 됩니다(참고로 양립주의란, 하나님의 결정과 인간의 자유가 양립할 수 있다고 믿는 견해입니다). 하나님은 불가능한 상황 속에서 언약의 약속을 이행하시는 섭리를 독자에게 보여 주기 원하셔서 자신의 주권이 요셉 이야기 전반에 나타나도록 하셨습니다. 따라서 요셉은 하나님의 섭리 가운데 어떻게 그분의 약속이 이루어지는지를 드러내는 인물인 셈입니다. 이러한 관점을 가질 때, 우리는 성경의 첫 번째 책인 창세기에 요셉이 어떻게 독특한 기여를 하고 있는지를 볼 수 있게 됩니다.

마음

최규훈

바람 잘 날 없는 가지

숨막힐 때 마냥 발버둥 쳐야 했다

각종 새들 찾아와

바람 따라 이리 흔들 저리 흔들

같이 마음이 동한다.

흔들릴 때마다

서로 붙잡고 장단 맞추려

흥얼댄다

폭풍전야

그래도 큰 태풍은

우릴 서로 가까이 하게 했다

마음이 하나되게 했다

3장

'하하호호' 웃음이 끊이질 않다:
웃음치료사 활동

웃음 치료, 왜 중요할까?

웃음 치료는 신체적, 정신적, 사회적 건강에 긍정적인 영향을 미칩니다. 웃음은 스트레스를 해소하고, 면역력을 높이며, 대인관계 개선에도 도움을 줍니다. 저는 이러한 웃음 치료의 효과를 널리 알리고 있습니다.

종합적으로 저는 오랜 기간 레크리에이션 강사로 활동하며 전국적으로 인정받는 강사가 되었습니다. 웃음치료사 자격을 취득하고 웃음 치료와 레크리에이션을 접목한 활동을 펼치고 있으며, 특히 CBS 방송을 통해 웃음 치료의 중요성을 강조하고 있습니다.

최규훈 교수의 강의 전문 활동

충주교통대학교에서 천보 신입 사원 직무 연수 교육이 있었습니다. 20여 명 남짓한 직원들과 소통하며 좋은 시간을 가지게 되었습니다. 오후 2시~5시까지 3시간 교육에 레크리에이션 개인 단체 게임을 비롯하여 상식 퀴즈 등 다양한 프로그램을 기획하여 유익한 시간이 되었습니다.

직무연수 교육이라 다소 경직되어 있지만 웃음과 레크리에이션 소통의 시간으로 유익한 시간을 가지게 되었습니다.

"훌륭한 강의 잘 들었습니다. 또 모시겠습니다." 직원 분께서 하신 청량제 같은 말 한마디 덕분에 청주교통대학교까지 먼 거리에도 불구하고 가벼운 발걸음으로 돌아왔습니다.

즐거웠던 장항교회 수련회

1시간여 달려간 곳은 시골 마을 입구에 세워진 장항교회였습니다. 12시 30분에 도착하여 한식으로 교회식당에서 맛있게 접대를 받고 본당으로 이동하여 레크리에이션 자료 등을 준비하였습니다. 여기저기 "환영합니다." 반겨주는 교회 어르신을 보며 "어르신, 반갑습니다." 하며 서로 인사를 나누었습니다.

순수하고 깨끗한 어르신을 뵈오니 고향에 온 마음처럼 따스하게 느낄 수 있었습니다. 아동, 청소년, 순수한 성도들의 모습을 보며 신나게 강의하고 돌아왔습니다. 보람된 시간이었습니다.

건강 웃음교실

수지노인복지관 주관 갈릴리감리교회에서의 강의는 지역 주민들을 대상으로 웃음 치료를 실시하였습니다.

매주 1시간씩 4주간 진행된 프로그램입니다. 어르신들을 대상으로 한 웃음 치료 교실에 많은 이들이 몰리게 되었습니다. 이유는 웃음은 행복임을 알기 때문입니다. '남자는 하하, 여자는 호호' 하며 크게 웃습니다.

용인 수지노인복지관에서 주관하고 갈릴리감리교회에서 진행되고 있는 건강웃음교실에서 열강했습니다. 매주 화, 목요일 2회에 1시간씩, 8회 실시하는 웃음 치료 현장에 잘 참여했습니다.

웃음으로 물든 요양병원

아늑하고 100평 이상 넓은 장소였고 시설이나 간호사 등 부족함이 없어 보였습니다. 들어가자마자 원장님을 비롯한 많은 분들이 반갑게 맞이해 주셔서 또 한 번 놀랐으며 친절이 몸에 배이신 분들이었습니다.

신광철 대표님 그리고 김은총 선생님께 다시 한 번 감사드리며 나왔습니다. 김은총 사회복지사님의 "제가 더 많이 웃었습니다." 한 마디가 청량제의 역할을 해주었습니다. 좋은 피드백도 주셨습니다.

신 대표님께서는 "한 번 더 모실 수 있는 기회를 만들어 연락드릴게요." 하시며 좋은 시간과 날짜를 물어보셨습니다. "어르신들이 너무 좋아하시니 기쁘네요." 한마디에 하루의 피로가 싹 씻기는 듯 기쁜 하루였습니다.

밖에 나오니 한 방울 두 방울 떨어지는 빗방울은 눈물이 아니라 애쓰고 힘쓴 땀방울처럼 느껴집니다.

저의 1시간은 실버 어르신들에게 청량제의 역할을 해드렸습니다.

"강사님, 또 오세요.", "재미있었어요. 웃다가 눈물 나네요."

떠나면서 뒤를 바라보니 어르신들이 유심히 저를 쳐다보셔서 눈물이 더 났습니다.

"또 봬요, 건강하세요."라고 하며 무거운 발걸음으로 집으로 향했습니다. 웃음은 기쁜데 어르신들께는 이곳이 집이라 생각하니 강사로서 더 잘해주어야겠다는 생각이 마음 깊은 곳에 새겨졌습니다.

대천중앙 장로교회 체육대회

　　보령종합체육관에서 열린 한마당 체육대회가 성황리에 마쳤습니다. 당초 예정 인원(1,000명)보다 많은 인원이 참석하여 열띤 응원과 축제의 장이 되었습니다. 가족 단위로 많이 모여서 더 보람된 5월 가정의 달 축제가 된 것 같습니다.

치매재활 레크리에이션, 시작!

오산시 평생학습관 치매 재활 레크리에이션 5주간 교육이 진행되었습니다.

치매 재활이란 무엇인가?
치매 예방법은 무엇인가?
치매 레크리에이션이 왜 필요한가?

이론과 실습을 겸하여 쉽게 교육하였으며 다년간 레크리에이션 강사로 활동한 경험으로 좋고 유익한 강의를 할 수 있었습니다.

강의 대상은 치매 재활 레크레이션 강사를 준비하는 학습자 분들이었으며, 그들에게 세밀하고 폭넓은 강의를 하였습니다. 3시간 동안 즐거운 시간이 되었으며 오늘같이 마음이 기쁜 날이 자주 찾아오길 빕니다. 강의 내내 잘 따라해 주시는 학습자 분들로 인해 기쁜 시간이 되었습니다.(1, 2차 교육자 전원 참석)

오늘은 부천! 정신 건강 강좌를 진행하다

10명~15명 되는 남녀노소 참가자 중 10명이 참관하였습니다. 부천 심곡동 종합사회복지관 커뮤니티케어 센터에서 열린 건강강좌에서 강사1급 대우도 해주셔서 행복한 하루였습니다. 웃음 건강이 얼마나 중요한지 소개하고 웃음 지료, 레크레이션, 마술 등을 했으며, 그 외에도 기타 치며 노래하고 율동하다 보니 시간이 부족할 정도로 열띤 강의가 되어 끝날 때는 퍽 아쉬웠습니다. 웃음이 이 코로나 시절에 꼭 필요하다는 걸 느꼈으며, 이 위기를 기회로 여겨야 한다는 걸 느꼈으며, 사람을 살리는 사명감을 다시 되새기는 기회가 되었습니다.

하남시 장애인 복지관

10명의 장애인 식구들과 긍정적 의사소통 강의를 하고 돌아왔습니다.

2시간 거리이지만 새벽에 도착하여 3시간 전 도착하여 준비에 만전을 기하였고 여성 장애인들에게 잊지 못할 강의와 추억을 선사하고 돌아왔습니다. 친절이 몸에 배어 있는 선생님들이었고, 경청, 소통, 마음문 열기, 배려 등 도움되는 강의였다고 찬사를 아끼지 않고 절 칭찬해 주셨습니다. 들어오면서 어떤 한 분은 "연예인이다." 말해주셨는데, 그 한마디 외침에 "고맙습니다."라고 답하였습니다. 행복의 시간을 열게끔 이끌어주신 하남시 장애인 복지관 정영훈 대리님을 비롯 관계자님께 감사드립니다.

인천 남촌초등학교

인천 남촌초등학교에서 웃음 치료를 최규훈 교수께서 진행하였습니다. 어릴 때부터 웃음 치료가 절실한데 좋은 기회였습니다. 잘 따라 하는 어린아이들과 선생님들을 보며 큰 희망을 가지게 되었습니다.

처음 전화를 받을 당시에 학교 행사 담당자로부터 '초등학교 웃음 치료가 가능하냐'며 연락이 왔습니다. 레크리에이션은 많이 들어오지만 웃음 치료는 거의 들어오지 않아 대상을 물어보니 초등학교 6학년 졸업반 아이들인데 신나게 하루 웃게 해주시라는 내용입니다.

아이 한 명 한 명 모두가 눈망울이 총총하고 예쁜 아이들이었으며, 순수한 아이들이었습니다.

이 아이들에게 조그마한 선물을 준비하여(스틱 과자) 잘 따라 하는 아이들에게 한 통씩 주기로 하고 준비하였습니다.

예상외로 반응은 뜨거웠습니다.

어른들의 웃음 치료보다 더욱 정말 환하게 밝게 따라하는 아이들을 보며 웃음 치료가 아이들에게 필요함을 느꼈습니다. 웃음 치료의 중요성은 말하지 않아도 아실 거라 여겨집니다.

웃음 치료가 끝나고 나서 자연스럽게 나오는 웃음이 진짜 웃음입니다.

서로 쳐다보고 웃고 우스꽝스러워서 웃고 신났던 초등학교의 웃음 치료였습니다.

단국대학교 사범대 부속고

강남구 대치동에 소재하고 있는 단국대학교 사범대학 부속고등학교에서 임원들을 대상으로 60명과 소통 리더십 그리고 레크리에이션을 저의 진행 아래 안종현 교수, 박영선 강사님께서 함께하여 주셨습니다. 이 자리를 빌려 감사의 말씀을 드립니다. 오늘은 남고 학생들이어서 아이들의 소통 리더십 강의로 눈높이에 맞춘 강의를 선보였습니다. 감동과 도움되는 메시지 그리고 함께하는 리더, 열정적인 리더가 어떤 리더인지 강의하였습니다.

아이들의 반응은 물론 담당 부장님께서 "다음 기회에 모실 때는 시간 좀 많이 드리고 학생 역사탐방 강의도 부탁드립니다."라고 하셨고, 교감 선생님과 학생 부장님께서도 거듭 수고하셨다고 말씀하셨습니다. 또한 행사 처음부터 끝까지 진행해 주셨던 김동수 선생님께서는 "학생 아이들이 숫기가 없지만 그래도 강의에 도움이 되었고 즐거운 강의와 성공적인 강의해주시어 고맙다."라며 거듭 감사를 표현했으며 정성스런 접대와 선물까지 주셔서 고마웠습니다. 선생님, 감사합니다.

해밀도서관

부천 소재 해밀도서관에서 40명을 초대하여 웃음 특강을 실시하였습니다. 반응과 호응이 매우 좋았고, 좋은 피드백을 받았기에 추후 특강해 주실 것을 요청받았습니다.

부천시 장애인협회 해밀도서관의 어르신들을 대상으로 한 웃음 치료 시간이었으며, 시각, 청각 지체 등의 장애인 분들도 참여하고 동반 보호자도 참석 가능한 프로그램으로 2시간 동안 진행하였습니다.

이전에 제가 1년여 동안 웃음치료사로 나간 곳이어서 직원 두 분께서 최규훈 강사님이 오신다고 소문을 내어 모든 자리가 가득 찼습니다.

눈이 보이지 않으신 어르신은 "최규훈 강사님이 맞으시냐? 보고 싶었다."라고 하시며 손을 놓지 않으셨습니다.

정말 재미있게 진행하였던 프로그램이라 더욱 기대가 되

었고 좋은 반응으로 마칠 수 있었습니다. '해밀'이란 비온 뒤에 맑게 개인 하늘이라는 뜻입니다.

매주 1시간씩 1년 동안 다녔던 곳인데 코로나로 중단되었다가 좀 풀린 후 건강하게 다시 웃음 치료 시간으로 강의하게 되었습니다.

한국공인중개사협회 서울북부지부 워크숍

제가 레크리에이션을 진행했습니다. 비 오는 날씨에도 불구하고 행사에 많은 인원이 함께 할 수 있어서 좋았던 유익한 시간입니다. 기대 만땅, 행복 만땅, 굳은 날씨에도 많은 인원이 참석하였으며 바람이 불고, 폭풍이 와도 다들 신나서 뛰면서 바닥을 치시며 웃으셨습니다. 그리 즐거운 모습이 감동을 자아냅니다. "다음에도 와 주시어 즐겁게 해 주시라."는 말 한마디에 3~4시간의 피로가 녹는 듯합니다.

400여 명의 인원이 함께한 프로그램으로 3시간 동안 진행하였습니다.

중랑소방서

함께하여 주신 소방서장님과 모든 분들께 진심으로 감사드립니다. 행복한 시간을 만들어주시어 감사드립니다. 사회에서 봉사하시며 애쓰시는 봉사자분과 중랑소방서 서장님을 비롯하여 모든 분들 응원합니다.

소방서 자원봉사자를 비롯하여 의용소방대, 소방서장님을 비롯하여 인사들 그리고 120여 명의 인원으로 구성되어 있는 분들과 함께 만찬을 나눴고, 이후에 즐거운 웃음 치료 레크리에이션을 선보였습니다.

팀으로 구성하여 4개 팀으로 나눠 서로 대표자를 선정하여 우호적인 경쟁을 통해 더욱 재미있는 레크리에이션을 진행했습니다. 소방서장님의 율동을 보며 더욱 재미있어 하는 대원들과 함께 단합하여 함께하는 프로그램을 가질 때는 다들 열정적인 모습을 보이셨고, 모두에게 유익한 시간이 되었습니다.

서울신정여고

서울신정여고 2학년 1반 10여 명의 학생들과 함께 4교시부터 6교시까지, 150분 동안 수업을 진행하였습니다. 과목은 힐링 소통 그리고 레크리에이션 시간입니다. 저의 강의로 재미있고 유익한 시간이었고 호응과 반응들이 너무 좋아 진행하고 교수하는 사람으로 대단히 기뻤습니다. 진로 상담 문제로 세 명의 학생들은 끝까지 함께하지 못하였지만 10여 명의 학생들은 3시간 동안 힐링하는 시간이었습니다.

1일 교사로서 아이들에게 웃음 레크리에이션 마술까지 선보이게 되었으며 4교시 수업에 와서 처음에는 집중하지 않은 학생들도 시간이 흐를수록 집중하는 시간이 되었습니다.

활동 프로그램을 좋아하던 아이들은 처음부터 즐거워했으며, 시키면 쑥스러워하는 내성적인 아이들도 인정해주자 무척 좋아했습니다. 그렇게 좋아하는 학생들을 보며 용기와 힘을 실어주는 데 이바지하였던 시간들입니다.

동작구 치매안심센터

웃음 힐링은 기억력, 테스트, 인지능력, 그림, 숫자, 인지놀이와 율동으로 이뤄져 있으며, 그 외에도 근육 풀어주기, 뇌교육, 뇌체조, 뇌운동과 시 나누기 게임, 레크, 노래, 각 흥미를 곁들인 다양한 프로그램이 준비돼 있습니다. 다들 다양한 프로그램 덕에 시간 가는 줄 모르고 교육에 빠져 즐거운 시간을 보냈습니다. 너무 도움된다며 좋은 피드백을 받았습니다. 가족 프로그램으로 동작구 치매안심센터에서 기획한 프로그램이어서 더 소중하였습니다.

치매 프로그램, 일명, 인지 재활 훈련 프로그램은 집중을 요하는 고난도 수업입니다.

치매 환자들은 마음대로 생각이 안 나기에 강의 또한 마음먹은 대로 되지 않을 확률이 높습니다. 강의가 잘 진행되지 않으면 으레 강사에게 영향이 오기 때문에 강사는 신중하면서도 세밀하게 강의하고 맞춤형 강의 형태로 진행하여야 합니다.

5~10명 내외의 인원이지만 집중력 있게 들어주시고 참관하시어 좋은 선한 영향력을 끼치는 프로그램이 되었습니다.

가장 기억에 남는 분들은 부부 내외 분이셨는데, 남편이 교통사고로 뇌를 다쳐 기억력이 감퇴되고 자주 기억을 잃어버려 치매안심센터에 들르게 된 것입니다. 남편 분께서는 웃음 치료 프로그램을 알게 되어 참 기쁘다며 감사의 표시를 해주셨기에 기억에 남게 된 사례가 되었습니다.

당진 고산초교 운동회

당진 고산초교 어린이 선생님들과 함께한 한국레크리에이션 협회 명강사인 저와 박경숙, 지현숙 강사는 2022년 5월 4일, 3시간에 걸쳐 체육대회 행사와 레크리에이션 등 좋은 행사를 가졌습니다.

초등학교 어린아이들인 1~6학년과 유치원 아이들, 선생님들과 강당에서 실시한 초등학교 운동회 체육 행사는 자라나는 아이들에게 즐겁고 유익한 시간을 갖게 해주었습니다.

산길을 돌아돌아 머무른 곳, 시골학교 교정이 눈앞에 들어왔습니다

옛날 초등학교(과거, 국민학교)에서 만국기 달고 운동회 하며 달리기 1등을 놓치지 않았던 저였기에 갑자기 동심의 세계에 들어가서 아이들과 호흡하며 뛰게 되었고, 이 시간은 매우 소중한 시간이었습니다.

공굴리기, 훌라후프 돌리기, 반환점 돌아오기, 선생님과 손잡고 달리기 등 아이들과 함께한 신나는 프로그램입니다.

더 사랑 용인주간보호센터

어제는 '더 사랑 용인주간보호센터'에서 실시하는 웃음 특강 강연을 하고 돌아왔습니다. 처음 방문하였으나 정들이 많은 분들이라 다정다감하게 대해 주셨습니다. 더 사랑 주간보호센터는 용인시에 있는 곳이며 전 그곳에 있는 선생님 및 어르신들과 재미있는 시간을 장식하고 돌아왔습니다. 센터장 님을 비롯하여 수고해주신 모든 분들께 진심으로 감사 드립니다.

여성 일보

여성 일보에 광양 스마일봉사단 소개가 간단하게 실렸습니다. 내용은 아래와 같습니다.

스마일봉사단은 신영원(스마일봉사단 대표)님이 주축이 된 봉사 단체로 각 재능 있는 강사 분들과 지역 유지, 국회의원에 이르기까지 다양한 계층으로 구성된 단체이다. 지역마다

3~6개월씩 봉사한다.

노래, 율동, 손유희, 마술, 국악, 악기, 연주 등 어르신들의 하루를 기쁘고 행복한 시간으로 만들어드린다.

다들 스마일봉사단을 만날 때마다 "보고 싶었어요.", "먼 데서 와주셔서 고맙습니다."라며 기뻐하신다. 늘 갈 때마다 무거운 발걸음이 항상 가볍게 돌아오게 된다.

봉사에는 그 이상의 기쁨이 있습니다. 또 봉사의 손길도 아름답지만, 봉사단을 위해 후원하시고 애 써주시는 분들이 많이 계셔서 스마일봉사단이 항상 스마일이 되는 것 같습니다.

청양군 보건의료원

자살 예방, 생명 존중 강의를 다녀왔습니다. 너무 분위기도 좋았고 반응도 대박입니다. 강사 생활하면서 이리 행복한 건 처음입니다. 오늘 모두 대박입니다.

청양군청에서 자원봉사자를 모집하였고, 60여 명의 봉사
자들에게 자살 예방 프로젝트 사업을 진행해줄 것을 요청하
셨습니다. 군청에서 실시하는 프로그램입니다.

　잠시 몸을 푸는 시간과 간단한 레크리에이션 후 영상을 보
여드렸습니다. 하루 30여 명씩 40분마다 자살하는 한국의
자살률을 보며 OECD 국가 중 자살률 1위라는 오명을 벗어나
지 못하고 있음을 통감했습니다. 또 영상을 통해 자살 예방
이 얼마나 중요한지 통감하는 시간을 가졌습니다.

　영상 시간에는 다들 눈물을 흘리며 감동하는 모습을 보였
기에, 자살 예방은 다시 한번 강조해도 부족함이 없습니다.

한국단미사료협회 워크숍

단미사료협회 직원 120명과 함께하는 레크리에이션 소통 프로그램을 진행하였습니다. 처음 강연 제의가 들어왔을 때, 50대 정도라 하여 나이 드신 분들이 많을 것이라 생각했습니다. 그런 제 예상을 깨고 20대~50대부터 다양한 분들이 계셨습니다. 한바탕 웃음으로 힐링하는 시간들을 가져 달라고 하여 지위 고하를 막론하고 게임과 소통 프로그램에 참여하게 되었고, 소중한 시간들을 가졌습니다.

요즘은 직장인들의 스트레스가 이만저만이 아닙니다.

어떻게 하면 스트레스에서 해방되어 살까?
어떻게 하면 직장 생활에 활력소를 더할까?

이는 워크숍을 통해 마음문 열기, 대화 소통 연구, 활동, 직장 내 리더십, 웃음, 소통, 힐링을 할때 가능해집니다.

따라서 웃음 치료 시간을 잘 보내고 신나게 한바탕 웃음으로 보내는 것이 소중합니다.

"정말 즐거웠습니다. 한번 더 초대하겠습니다." 본부장님
의 따스한 피드백은 씻은 듯이 기분을 올려 주었습니다.

서울항공비즈니스고교

국제웃음 치료협회석좌교수, 한국강사은행 부총재, 한국
열린사이버대 특임 교수인 저는 2021년 9월 24일 서울항공
비즈니스고교에서 2~4교시 동안 인성 교육 1시간, 3시간 레
크리에이션 수업을 진행하였습니다.

서울항공비즈니스 고등학교는 전문 직업학교이며, 고등학교 2학년 학생을 대상으로 한 프로그램 수업을 진행하였습니다. 제가 1일 교사로 수업을 실시하였습니다.

남녀 대화법, 서비스, 소통, 웃음, 표정 등 다양한 프로그램으로 4시간을 진행하였습니다. 반응이 뜨거웠고 특히, 서비스 대화법에서 학생들이 많은 관심을 기울였습니다.

초 집중을 하면서 듣는 아이들의 눈동자를 보면서 하나라도 더 가르쳐주고 싶은 마음이 들었기에 열의를 다해 수업을 진행하였습니다.

강의는 학생에게도 도움이 되지만 가르치는 저에게도 이 강의는 도움이 되는 프로그램입니다.

앞으로 학교를 졸업하면 이 학생들은 직업학교에서 배운 것을 토대로 각 항공사에 취직하여 일하거나 관련 기업에 취직하여 다양한 활동 등을 하게 됩니다.

아동 색채 심리 상담

오늘 6주간 아동 심리 상담 교육을 잘 마치고 마지막으로 색채 심리 상담 교육을 하였습니다. 아동의 관심은 그림 그리기에 전념하는 경향이 있습니다. 거기에 색채를 입히는 작업을 하면 아이들은 거기에 더욱 빠져들기에 그것을 심리 상담과 연계하기가 쉬워지며, 덕분에 소중한 시간을 가질 수 있었습니다. 마지막으로는 아동심리 결과지를 전달하여 잘 마쳤습니다.

이 프로그램은 아동 심리 교육의 일환으로 한 아이를 선정하여 부모 중 한 분과 같이 프로그램을 진행하는 것입니다.

그림 그리기, 이야기 나누기, 색채를 통한 심리 테스트, 마술을 배워서 직접 시연해보기 등 다양한 프로그램으로 6주간 진행하는 프로그램입니다.

한 가정이 지정되면 상담을 하고 아이가 좋아하는 것과 싫어하는 것 등을 파악하고 거기에 맞춤 교육으로 가정을 방문하여 진행합니다.

저는 동탄에 사는 아이의 가정에서 진행하였는데, 대상은 남자 아이였으며 똑똑하고 쾌활한 아이였습니다. 하지만 그럼에도 정서가 조금 불안해 있었는데, 가정 폭력이 있었던 상황이었습니다. 저는 그림 그리기와 색채를 통하여 아이의 정서와 발달 여부 등을 파악했고, 어느 정도의 수준으로 아이를 대할지를 판단하여 적절한 프로그램을 진행했습니다.

파악 후에는 거기에 맞는 프로그램을 놀이라는 문화를 접목하여 진행하였고, 그렇게 교육에 임했습니다.

교육자와 피교육자가 서로 소통이 되면 아이는 속에 있는 이야기를 털어놓는데, 이때는 부모님은 계시지 않고 아이와 저만 남아 상황들을 교육자에게 이야기하게 합니다. 그렇게 하나 하나 문제가 제시되면 그 문제들을 풀어가면서 해결해 줍니다.

이렇게 하면 스트레스를 받았던 아이도 상담이라는 매개를 통해 회복시켜 줄 수 있게 되며, 이것이 아동 심리 상담 프로그램의 일환입니다.

상담을 마친 후 어머니께서는 너무 기뻐하셨고, 아이는 교육자에게 배운 것을 엄마에게 반복적으로 이야기했습니다. 그 모습을 보며 부모 간의 관계도 회복되는 놀라운 일을 목격했습니다.

얼굴 근육의 A to Z

2021년 9월 26일 오후 1시부터 2시까지 공인중개사 변호사 등을 초대하였고, 20명 대상으로 온라인 교육을 실시하였습니다. CHA 의과대학에 발표된 논문 중, 웃음 치료 기법과 얼굴 근육의 연관성에 대하여 22명을 대상으로 실험하여 연구된 웃음 사례에 관한 논문이 있습니다. 이 논문을 기반으로 강의하였으며, 물론 제가 직강해주었습니다.

얼굴 표정은 대뇌피질과 연관돼 있으며, 중추 신경에서 통로를 통해 근육과 얼굴 신경으로 자극이 전달되고, 이를 통해 얼굴 표정이 형성됩니다.

외부 자극이 전해지고 감정의 변화가 일어나면, 근육의 움직임이 바뀌어 얼굴 신경을 자극하게 되고, 이러한 움직임은 시상하부를 통과하여 뇌신경 물질인 도파민을 활성화시킵니다.

이러한 신경전달 물질은 혈압 상승을 일으키고, 심장 박동을 증가시켜 혈액 순환을 활성화합니다. 동시에 각 세포 조

직으로 영양 물질과 산소의 이동을 활발하게 합니다.

이런 현상이 일어나면 불안, 우울, 공포 등의 감정이 조절되며, 스트레스 해소에 커다란 역할을 하게 됩니다.

웃음 치료를 했을 때, 얼굴 표정이 변하고 근육이 움직이게 되면서 웃음 치료를 통해 모두 스트레스 감소에 긍정적인 영향이 발생하는 현상이 나타났습니다.

웃음 치료는 웃음을 통한 긍정적인 마음가짐뿐만 아니라 긍정의 에너지를 전파하는 파급 효과 또한 큽니다.

CS 교육 고객 만족 대화 기술

저의 강의 중 하나를 소개합니다.

●고객 만족 대화의 기술 4단계●

첫 번째 질문

대화 질문으로 고객의 필요 사항이 무엇인지를 간파해야 한다.

○ 만약 백화점이라면

먼저 다가가서 "어서 오세요. 지금 사용하시는 제품에 뭔가 불편한 점이 있으세요."라는 식으로 질문을 던진다. 고객은 처음부터 진짜 원하는 것을 말하려고 하지 않는다. 그래서 속마음을 끄집어 내기 위한 첫 번째 질문이 무엇보다도 중요하다. 예를 들어 컨설팅을 받고 싶다면 "저는 금융업계에 있습니다만 혹시 선생님의 컨설팅을 받고 실적이 올라간 사례가 많나요?"라고 물어보는 게 좋다.

○ 보습 학원이라면?

학부모: 저, 혹시 한 달 수업료가 어떻게 되나요?

담당자: 아, 예. 수업료 말씀이군요. 그런데 혹시 자제분의 성적 때문에 뭔가 걱정이라도 있으신가요?

○ 신축 아파트 모델하우스를 방문한 고객이라면

"오늘 어려운 걸음을 하셨네요." 하고 부드럽게 말을 걸어도 좋다. 고객에게 다가가도 좋다. 당장 구매 의사가 없는 고객이라도 "아예, 잘 알겠습니다. 천천히 둘러보세요."라든지, "의문이 있으시면 언제든지 불러주세요."라고 말하고 그 자리를 슬슬 피해준다.

업종이나 상황에 맞게 질문과 반응을 덧붙이면서 적절한 대화를 구사한다. 이때 고객의 요구 사항을 정확히 간파하고 확인한다. 고객이 준 정보로 대화를 확장해 나가는 것이다. 예를 들어 고객이 어떤 제품에 대하여 불만족스러우면 "아, 그러시군요. 어느 제품인가요?"라고 분석 질문을 한다. 여기서는 질문을 되풀이하면서 애매모호한 표현을 구체적으로 물어본다.

○ 중고차 매매 시장에서

직원: 어서 오세요.
고객: 네, 구경 좀 할 수 있을까요? 저, 그런데 지금 타시는 차에 어디 불편한 점이 있으신지요.

고객: 아니, 뭐 불편까지는 아니지만, 좀 좁아서요.

직원: 실례지만 가족은 몇 분이세요 ?

고객: 뭐….

직원: 고객님께 딱 맞는 차를 골라 드리고 싶어서요. 자세히 말씀해 주시면 다양하게 안내해 드릴게요.

고객: 아, 네. 지금은 4인승 승용차를 타고 있는데요.

직원: 혹시 예를 들면, 8인승은 너무 클까요?

고객: 아닙니다. 한 번 볼까요.

고객의 이야기를 경청하는 도중에 "예를 들면?"이나 "구체적으로" 등의 질문을 슬쩍 끼워 놓으면 고객의 요구는 깊고 확실해진다. 경청 대화에서는 적절한 타이밍에 고객 분석 질문을 구사하는 것이 포인트다.

○ 고객의 요구 재확인

어떨 때는 고객이 진정으로 원하는 것이 무엇인지 다시 한 번 확인하는 과정이 필요하다.

"네, 잘 알겠습니다. 고객님께서는 처음에 ○○ 제품을 보셨다가 ○○ 제품을 선택하셨네요. 혹시 더 필요하신 거 없으신가요?"

위와 같이 고객의 요구를 고객과 함께 하나씩 점검해 나간다.

수면 위로 드러난 고객의 욕구를, 고객과 함께 확인하는 과정이다. 이 단계에서는 편안하게 대화를 나누듯 확인하는 단계이다. 확인 절차가 중요한 이유는 서로의 이해를 공유할 수 있기 때문이다.

고객에게 "이것이 맞지요?"라고 재확인하는 것이다.

직원: 여러 가지로 말씀해 주셔서 정말 감사합니다. 그럼 고객님의 말씀을 한 번 정리해봐도 될까요?
고객: 네.
"이것이 맞지요?"
"혹시 빠진 내용은 없으신지요?"

○ 고객의 요구사항 충족

이는 계약 체결로 이어지는 최종 단계이다. 여기서 중요한 것은 고객이 구입하는 것은 눈에 보이는 상품이 전부가 아니라는 점이다. 나의 제품이나 서비스를 선택한 고객에 대한 감사와 더불어 감동적인 서비스를 해주는 것이 유리하다. 고객의 질문에 신속하고 정성스럽게 응대하는 것이 중요하다. 시각, 청각, 후각, 촉각, 운동 감각 등 가능한 한 많은 감각을 동원해야 한다. 이러한 대화 기술 중에 가장 중요한 것은 세 가지 요소이다.

가장 중요한 것은 첫째, 질문으로 고객이 무엇을 하는지를 포착하여 질문하는 일이다. 대화의 물꼬가 질문에서 트이기 때문이다. 둘째로는 만나는 사람들마다 그 인연을 소중히 여기고 "참 고맙습니다. 미안합니다. 사랑합니다."라는 말을 늘 생활화시켜야 한다. 셋째로는 사람을 만나는 일에 선입견을 가져선 안 되고 누구를 막론하고 귀인으로 대하는 자세가 필요하다. 특히 세일즈 하는 사람이라면 이런 자세가 몸에 배어 있어야 한다.

고대 그리스의 철학자 헤라클레이토스는 "지혜를 갖는 것은 최대의 덕이다. 지혜는 사물의 본성에 따라 이해하고 진실을 말하고, 그리고는 행하는 것이다."라고 말했다.

○ 상대방에 대한 분석 능력 갖추기

진정한 고객 감동 서비스를 하면 고객의 마음을 사로잡고 활짝 열리게 할 수 있다. 감동은 성실한 대화를 통해 줄 수 있다. 첫 대면에서 다섯 마디 이상 주고받으면서 상대방의 욕구나 취향을 파악할 수 있는 능력을 키워야 한다. 상대방의 개성에 맞추어 자신의 대화법에도 자연스럽게 변화를 주어야 한다. 능수능란한 언변을 위해 대화 기술을 배워야 한다.

또한 상대방에 대한 분석을 철저하게 하려면 두 가지 기술이 필요하다. 첫 번째, 상대방이 어떤 개성과 욕구를 갖고 있는지 한눈에 파악한다. 두 번째, 상대방의 개성을 간파하는 순간, 그 상대에 맞게 자신의 대화법을 연출하여 연기해야 한다.(여기서 연출은 가식이 아니라 고객의 개성에 맞게 표현에 변화를 주어야 한다.) 이것이 1등 대화법의 핵심 기술이다. 상대를 설득하는 대화법은 대화의 성패를 가르는 판단 기준이다. 변화무쌍한 카멜레온과 같아야 한다. 그렇기 위해 꾸준하게 기술을 갈고 닦아야 한다.

서울 피스센터 자격증 과정

서울 피스센터에서 1년간 웃음자격증 레크리에이션 펀리
더십 자격증을 개설하여 강의하였습니다.

매월 둘째 주 토요일 강의를 6시간 동안 진행하면서 많은
강사를 배출하게 되었으며, 이들은 전국 각지에서 웃음 치료
를 하며, 제게 배운 대로 교육을 하고 있습니다.

이는 장차 국제미래강사교육연구원의 탄생 배경이기도 함
과 동시에, 한 사람 한 사람, 모든 강사의 노력과 수고 그리
고 연구원의 스펙과 스킬이 이뤄낸 성과인 것 같습니다.

안정애 교수의 국악지도 과정

유명 강사시며 경기민요 소리 무형문화재이신 안정애 교수님을 모시고 국악지도 과정을 진행하였습니다.

국악지도자 교육은 일년에 2회, 전반기와 하반기로 나눠 실시되며 국악 전반에 대한 이론, 민요 배우기, 장구 교실, 장단, 창법, 등 다양한 교육이 실시됩니다.

국악은 우리나라 소리의 역사로 복지관 주간보호센터 요양병원 등 다양한 곳에서 공연, 강연, 행사도 가능합니다.

천안 목회자 워크숍

최근 코로나의 여파로 강의 및 행사 소식을 전하기 어려웠는데요. 감사하게도 오랜만에 행사 소식을 전할 수 있게 되었습니다. 오늘 16일에는 천안·아산 지역 목회자 70여 명이 참석하는 목회자 워크숍에 다녀왔습니다.

이번 행사에는 천안·아산 지역 목회자 연합회 주최로 집단 활동 가운데 바이러스 확산을 막기 위해 코로나 예방 수칙을 준수하여 위생 및 소독, 거리 두기 등을 철저히 실시한 가운데 진행되었습니다.

저는 연합회의 초청으로 본 행사를 위한 개회 사회를 진행하였고, 예배 및 웃음 치료, 레크리에이션 순서까지 유쾌하게 진행을 했습니다.

저는 국제웃음 치료협회 천안중앙지회장에서 서울중앙지회장으로, 국제서비스협회 전임교수, 한국강사은행 부총재, 한국열린사이버대학교 자연숲치유산업학과 특임교수 등의 활발한 활동을 하였고, 저는 최근에 명예문학 박사와 강사 양성 전문 재능 박사 2개를 취득하는 결실을 맺었습니다.

2021년 12월 26일에는 대한민국을 빛낸 인물 대상 시상식에서 사회복지시설 우수대상을 수상했습니다. 또 2022년 1월 8일에는 국제서비스협회 전임교수로 있는 협회에서 공로대상을 수상하는 영예도 얻었습니다.

명강사 인증서(2022) 공로패를 수상하기도 했습니다.

국제웃음 치료협회 시상식

저는 사단법인 국제웃음 치료협회에서 제7회로 진행된 세계를 빛낸 천사상에서 수상하였습니다.

또 제1회 대한민국 웃음박사 선정 행사의 현장을 소개하고자 합니다.

또 1년에 3월, 10월마다 2회 개최되는 전국 대한민국 명강사 축제는 서울에서 개최됩니다.

이 축제에서는 100~150명의 명강사가 행사에 참여하여 자리를 빛내 주십니다. 이들은 전국의 유명 강사로 활동하는 강사들이며, 귀한 시간을 활용해 서로 강의를 하고 만남, 축제의 시간 및 공로상 수상, 웃음박사 선정 등의 시간들을 가집니다.

물론 국제웃음 치료협회 총재 한광일 박사께서 강연에 활기를 더하십니다.

본 행사는 10여 년 이상 꾸준히 진행되어온 행사로 현재 서울 행사는 국제미래강사교육연구원 주최 국제웃음 치료협회 주관으로 진행됩니다.

통개중대 부대

11월 27일 목요일에는 군부대 교육을 다녀왔는데요. 이번에 진행된 군부대 교육은 통개중대 부대 협력스트레스 교육 강연입니다.

이번 교육에도 부대 장병들과 함께 웃음 치료, 레크리에이션 등 다양한 프로그램을 통해 우울증 및 스트레스를 해소하는 시간을 가졌습니다.

황송노인복지관

황송노인복지관에서 웃음 치료 교육 이후 어르신을 대상으로 스트레스 교육을 하였습니다.

웃음을 잃어버리고 우울증, 스트레스에 빠져 지내며 홀로 사시는 분들에게 노년에 웃음으로 스트레스를 날려버리고 함께 웃을 수 있도록 강의를 진행하였습니다.

아울러 노인의 건강에 대해 강의해 드렸습니다.

어떻게 건강을 유지하고 관리하며 지낼까?

자세하게 설명하고 여러 자료들을 참고하여 강의하여 좋

은 피드백으로 마칠 수 있었습니다.

저의 강의 후 어르신들은 나가시면서 "고맙습니다. 강의가 큰 도움이 되었습니다. 또 뵙겠습니다." 해주셨습니다. 짧고 팩트 있는 어르신들의 말씀 한마디가 저에게는 큰 감동을 안겨주었습니다.

차의과대학 김장원 교수의 대학원 논문

차의과대학교 통합의학대학원 통합의학을 전공하신 김장원 교수님(14기수)께서 저의 웃음 치료 비대면 교육을 받았습니다. 이를 통해 김장원 교수님은 졸업 논문에 통과하셨습니다. 김장원 교수님은 「얼굴 표정 근육 웃음 치료의 직장인 스트레스 감소 효과」란 제목으로 논문을 냈습니다.

그의 논문 16쪽에 저의 웃음 치료 강의가 나오는데 제가 줌 강의를 주 1회씩 4주에 걸쳐 실시한 결과입니다.

각 주차에 따른 구체적인 웃음 치료의 내용은 다음과 같습니다.

1주차에는 웃음 치료의 전반적인 효과에 대해 이해하고 하하 호호 웃음, 박장대소, 파안대소에 대해 배우는 시간을 가졌고, 웃음 치료를 실시하였습니다.

2주차에는 웃음이 기초대사와 건강에 미치는 효과를 이해하고 스트레스 감소에 도움이 되는 박장 대소, 요절복통 등의 웃음 요법을 실시하였습니다.

3주차에는 15초 동안 웃으면 기대할 수 있는 웃음 치료의 효과를 학습하고 박장대소와 요절복통, 포복졸도, 파안대소 등의 웃음 치료를 실시하였습니다. 또한 '된다 된다' 박수로 긍정의 마음가짐을 고취시켰습니다.

4주차에는 유머 기법 익히기, 박장대소, 요절복통, 15초 웃음 웃기를 실시하였습니다.

웃음은 기쁠 때나 즐거울 때, 웃을 때, 얼굴에 나타나는 표정이나 소리로 마음의 상태를 표현하는 방식을 의미합니다. 또한 웃음은 기쁨과 즐거움의 신체적 표현으로 정신 활동의 밝고 유쾌한 정신 상태를 나타내는 감정의 산물이라 정의됩니다.

이렇듯 웃음은 인간관계를 가깝게 만드는 의사소통이자 부정적이고 우울한 감정들을 긍정적이고 편안한 상태로 만들어주는 신체 반응입니다. 의학계에서는 웃음이 개개인의 삶의 질과 건강을 향상시키는 핵심적인 요인임을 인식하고 웃음을 소재로 한 치료 방법에 관심을 보이고 있습니다.

웃음 치료는 통합의학적 치료 방법의 하나로서 웃음을 통해 심리적, 신체적, 정신적, 사회적 기능 및 대인관계 회복 능력을 증진시킬 수 있습니다. 나아가 웃음 치료는 바람직한 삶을 위한 치료 목적으로 사용됩니다.

웃음 치료는 질병을 예방하고 빠른 치유와 건강 증진을 통해 개인의 삶의 질을 향상시켜 행복한 삶을 유도하는 방안입니다. 이러한 이유로 웃음 치료는 현대의학계에서 다루기 힘든 난치병에 효과적인 치료 성과를 보이고 있습니다. 예를 들어 웃음이 당뇨병 환자에게도 효과적이라는 연구 결과 있으며, 제2당뇨병 환자의 식후 포도당 수치와 유전자 발현에 대한 웃음의 효과가 증명되었다는 연구 결과가 있습니다. 또한, 암을 치료하는 데 있어서도 베타 엔도르핀과 성장호르몬 세포가 증가한다는 연구 등을 통해 웃음 치료의 효과는 더욱 검증되었습니다.

이러한 웃음 치료의 효과는 해외뿐만 아니라 국내 연구에서도 검증된 바 있습니다. 이임선(2012)은 병원에 입원 중인 환자들을 대상으로 한 임상연구에서 웃음 치료가 의료 분야뿐만 아니라 레크리에이션, 종교, 요가, 웃음, 태교 분야 등 다양한 분야에서 적용될 수 있다는 것을 검증하였습니다.

본 연구에서는 웃음 치료가 모든 사람들이 지니고 있는 아름다운 얼굴 표정과 밝은 웃음을 통해 가능해진다고 밝힙니다. 웃음 치료는 긍정적이고 행복한 감정을 유발시키며 인간관계의 원활한 작용을 가능케하는 의사 소통의 일종으로도

활용됩니다. 웃음 치료가 생활 속에서 습관이 되면 건강한
정신과 육체를 만들어 주는 건강 활동이 될 수도 있습니다.

서울본청 경찰청 교회

지인을 통하여 서울본청 경찰청 교회에서 설교와 웃음 치
료를 부탁받았습니다.

본청에 들어서는 순간 입구에서 신원 절차를 마치고 본청
으로 안내 받아 예배를 준비하고 있었습니다. 많은 인원이
참여한 자리였기에 우선 찬양과 경배를 통해 주님을 높여드
렸습니다.

지금도 그 자리에 있던 사람들의 밝은 모습과 선한 모습이
눈에 선합니다.

저에게 주어진 시간은 30분이라 매우 짧았지만 그 시간 안
에 설교와 웃음을 담아내야 합니다.

더욱이 공무원들은 웃을 일이 거의 없이 스트레스에 노출되어 있어 어찌 보면 웃음이 쉬운 일은 아닙니다.

하지만 웃음 전도사의 역할은 남을 즐겁게, 기쁘게, 행복하게, 하는 것이며, 그게 저의 사명이 아니겠습니까?

간단한 설교와 웃음이 어디에 좋은지 웃음의 유익과 건강 그리고 웃는 방법에 대하여 설명하고 함께 웃는 시간을 가지게 되었습니다.

반응은 대박입니다. 함께 쳐다보고 웃고, 웃는 모습을 보고 웃으며, 다 함께 웃음의 도가니에 빠져버립니다.

웃음이 이리도 좋을까?
왜 웃는 날이 없었을까?

어떤 한 분은 나오시면서 "20년 만에 크게 웃었다." 하시면서 이야기하셨습니다. 이런 모습들을 보며 더욱 많은 웃음을 소개하고 전파하는 일에 최선을 다하겠다 생각하게 되었습니다.

가평 수련회에 초대받아 80여 명의 참석자와 2시간여 동안 웃음으로 행복한 시간을 가지게 되었습니다.

행복해서 웃는 것이 아니라 정말 웃으니 행복한 일이 생깁니다.

경기 남부 경찰청 교회

지난 서울 본청에 이어 경기 남부 경찰청(경기도 수원 소재)교회에서도 동일한 제의가 들어왔습니다.

점심 시간에 잠시 시간을 내어 매주 수요일 예배를 드리는 것이어서 시간은 많지 않아도 예배와 경배의 소중한 시간이 있었습니다.

저는 설교와 웃음 치료를 부탁받았으며 은혜의 설교를 준비하고 웃음 치료를 통하여 경찰청 직원분 그리고 경기 남부 경찰청 교회와 함께하는 시간을 가졌으니, 이는 더없이 행복했습니다.

웃을 일이 없고 업무 스트레스가 쌓여있는 경찰 분들에게 이 시간은 잠시나마 행복의 호르몬이 넘쳐나는 시간이 되었습니다.

혼자 웃는 것보다 함께 웃을 때에 33배의 웃음의 효과가 있다고 하니 더욱이 크게 웃게 되는데요.

웃음과 건강은 불가분의 관계에 있습니다.

크게 길게 온몸으로 웃어라.

"히히히히!" 더 크게 웃습니다.
"호호호호!" 여성 분들만 웃습니다.
이젠 다 같이 웃습니다. "하하하하!"

메가월드 박미주 그룹 힐링 행사

1,200명 행사에(천안) 초대받아 갔습니다. 전국의 사업자가 모인 대형 행사로 직접 박미주 그룹 대표께서 직접 섭외 요청을 하시어 흔쾌히 승락하고 무대에 올랐습니다.

이미 열정과 끼로 뭉친 사업자들이었기에 모두 무대에서 다양한 모습을 보여주었고, 저는 강사로서 오히려 도전을 받는 시간이기도 했습니다.

웃음 치료를 나갔을 때 큰 행사를 겪은 것은 1,400명이 모인 인천 베르힐 행사, 2019년 9월 30일에 진행된 것이었습니다. 제가 한 큰 행사 중에 두 번째로 큰 행사라 신경 쓰지 않을 수 없었는데요. 있는 모습 그대로 보여주자는 것이 저의 원칙입니다.

더 잘하려고도 말고 애쓰려고도 말고 최선을 다하자 준비한 대로 하자.

반응은 대폭발이었습니다.

웃음 힐링은 그분들에게 꼭 필요했고, 웃을 수 있어서 행복한 장을 마련해 주었기 때문에 좋은 시간이 되었습니다.

다사랑 주간보호센터

6년 전, 화성시에 설립된 다사랑 주간보호센터는 치매 재활(인지 재활) 프로그램의 일환으로 세워진 곳입니다. 그렇기에 어르신들에게 웃음 치료, 노래, 공연, 운동, 목욕 등 다양한 힐링을 시켜드리는 기관입니다.

저는 이곳에서 5년째 웃음 레크리에이션 프로그램을 진행하고 있습니다.

일반 레크리에이션을 재창조하여 새롭게 어르신들에게 맞춘 프로그램을 진행하는데, 단순하고 어렵지 않은 프로그램을 직접 만들었기에 다양한 프로그램을 진행하게 됩니다.

마술, 노래, 게임, 손 유희, 스토리텔링 등 모두 레크리에이션의 분야와 접목하여 강의와 강연에 주력하고 있습니다.

오랜 기간 강의했기에 많은 정이 들었고 다들 이름을 호명해드리니 너무도 좋아하시고 웃으시면서 인사하시니, 그 모습이 보기만 해도 강사를 행복하게 합니다.

큰 시설과 친절한 원장님, 선생님들, 어르신들이 행복의 웃음을 지금도 만들어가고 있습니다.

새에덴 교회 메디컬 처치

메디컬 처치는 담임 목사님의 시대를 꿰뚫는 창의적 지도력에 의하여 이재훈 의료목사와 헌신된 분들의 동참으로 시작이 되었습니다. 그 후 메디컬 처치는 교회 방역의 선구자로 한국 교회에 크고 작은 선한 영향력을 미치며, 팬데믹 시대에 교회와 예배를 수호하는 시대의 아이콘으로 자리 잡게 되었습니다.

메디컬 처치의 근본 정신은 '파라볼라노이'입니다. '파라볼라노이'는 초대교회 시대에 로마가 전염병 창궐로 어려움에 있을 때, 초대교회 성도들이 감염의 위험성을 무릅쓰고 로마 시민들을 돌보고 사랑으로 치료하였을 때, 이를 보면서 감동을 받은 로마 시민들이 그들을 불러준 이름입니다. 이로 인하여 로마는 기독교에 마음을 열고 복음을 받아들이는 역사를 이루었습니다.

메디컬 처치는 포스트 팬데믹 시기에는 '위드 성도 케어'의 사역을 통하여, 성도 한 분 한 분의 영혼과 육체를 온전히 섬기는 전인적 목회를 돕고 있습니다.

코로나로 예배가 제한되고 섬기던 교회(엘림랜드전원교회)가 코로나로 인하여 문을 닫아 비대면 예배를 아이들과 며느리와 가정집, 우리 집에서 드리면서 많은 어려움이 있었죠.

그러나 코로나가 가져온 폐단보다 가정을 하나로 묶어 주었다는 것에 더 큰 의미가 있었습니다.

서로 바빠 얼굴 보기 힘들지만 1주일에 한 번은 모여 예배하고 돌아가면서 식사를 하니 그리 나쁘지는 않았습니다.

서로 사회를 보고 설교하고 의논하는 등 가족 회의가 자동으로 되었기 때문입니다.

그럼에도 한 가지 마음껏 기도하고 찬양할 수 없다는 것이 마음을 안타깝게 했습니다. 여러 교회가 문을 닫아 교회 찾기가 어려웠던 중 지인의 소개로 새에덴교회(죽전)를 소개받았습니다. 처음부터 낯선 곳이 아니었던 것이 이미 소강석 목사님, 이천수 목사님, 장경동 목사님의 설교는 방송 유튜브 등으로 자주 접하였던 터라 직접 현장에서 들어보고 싶어 수요일 예배를 가게 되었습니다.

가던 날 옛 추억의 친구를 만난 것처럼 반갑기도 하고 현장에서 예배 드리니 더욱이 생동감은 이루 말할 수 었었습니다.

선택이 얼마나 중요한지를 익히 알기 때문에 신중하고 또 신중히 찾았습니다. 인터넷에서 잘못된 메시지를 전달하는 목사도 있기 때문입니다. 진리만 선포하는 교회를 찾고 있었기 때문에 더욱 신중했습니다.

그 결과 교회에서 저는 목사지만 성도의 순수한 마음가짐으로 배우기 시작했고 양육 교사의 교육을 유심히 듣게 되었습니다. 잘못된 것은 없는지, 교리는 바른지, 말씀에 입각해 있는지, 목사님의 목회 방침은 어떤 것인지 알아가기 시작했습니다.

더욱이 말세에 말씀을 사수하는 교회나 예수 없는 빈 껍데기 신앙인들이 많아서 진실한 목회자가 절실했습니다. 8주간의 교육을 잘 마치고 너무 감동되는 말씀과 다시 믿음을 세우는 계기가 되었습니다. 기도하고 나니 왜 이리 기쁘고 감사한지 교회 선택을 잘했다고 생각하며 하나님께 영광을 돌렸습니다.

벌써 1년이 지났습니다.

그동안에 연말 송년회 4교구 웃음 치료를 진행하였으며 메디컬 처치에서 웃음 치료를 진행하였습니다.

웃음과 메디컬 처치는 불가분의 관계에 있습니다. 코로나 펜데믹 교회 안에 치료가 필요하여 시작하였던 사역이 새에덴의 중요 역할을 감당하는 메디컬 처치가 되었습니다. 저는 요양병원 관리지도사와 병원코디네이터 1급 자격증을 보유하였습니다.

한국 크리스토퍼 남양반도 체육대회

한국 크리스토퍼 남양반도 체육대회에서 웃음 치료와 레크리에이션을 진행하였습니다.

다들 어깨가 들썩 들썩 신나는 웃음 치료 3시간 동안 진행하던 중 세 분께서 동시에 "강사님 멋있어요.", "자주 오셔서 해주시고 또 뵈어요." 해주셨습니다. 청량제처럼 느껴지는 말 한마디의 외침이 강사로 하여금 더 신바람 나게 진행할 수 있게 해줬습니다.

전문 이벤트사 20년 경력대로 사회와 진행을 맡았으며 진행 중 웃음 레크리에이션을 하였으며 재능 있는 강사의 색소폰 연주, 고고장구팀, 난타 공연, 노래자랑, 푸짐한 행운권 선물까지 궂은 날씨에도 보람된 하루가 되었습니다.

떠나오는 뒤에서 총괄 진행자분께서 "꼭 다음에 모실게요. 즐거웠습니다." 인사를 끝으로 집으로 돌아오는 내내 가벼운 발걸음이었습니다.

용인시 평생학습관 청춘대학 웃음 치료

용인시 평생학습관 공연실에서 124명의 청춘대학 실버 어르신들과 2시간 동안 웃음 강연을 실시하였습니다.

나이가 들수록 외로움과 스트레스 우울증이 찾아오게 됩니다. 그럴 때 친구들이 옆에서 함께해준다면, 그들과 행복을 나눌 수 있다면, 그것이 얼마나 행복할까요?

이에 용인시에서는 65세 이상 어르신들을 대상으로 청춘대학을 학습관에서 진행했습니다. 그곳에서 힐링 케어 시간을 보냈는데 저에게 요청하신 강의는 웃음 치료 시간입니다.

크게 웃으시는 어르신들을 보며 웃음이 절로 났습니다. 억지로 웃으시다가 진짜 웃음이 터져서 멈추지 않고 웃으시는 모습도 볼 수 있었습니다.

웃음은 함께 웃을 때에 33배의 효과가 있으며 비용으로 환산할 수 없는 어마어마한 가치가 있습니다.

수지구청 실버 대학 웃음 치료

수지구청 내에 있는 대강당에서 170명 대상으로 웃음 치료를 진행하였습니다.

천연 항생제 웃음이 어디가 좋은지, 어떻게 웃어야 건강하게 웃는지를 이론과 실기를 통해 강의하였습니다.

박수는 건강하게, 웃으면 장수할 수 있다 하니 박수와 웃음이 함성과 함께 떠나갈 듯 터졌습니다. 그 소리에 마음까지 열리게 됩니다.

어두웠던 처음 표정과 달리 밝게 웃으시며 얼굴빛이 좋아지는 모습을 보며 다시 한번 웃음의 소중함을 깨닫게 됩니다.

서울 남성중학교 소통 강의와 레크리에이션

사당동 소재에 있는 남성중학교 임원수련회에서 신나는 레크리에이션 진행을 했으며, 교사와 학생 간의 소통과 소통을 바탕으로 한 이론을 강의했습니다. 학생들이 숨죽이며 강의에 몰입하는 것을 보았고, 교장 선생님을 비롯하여 학생 담당자들께서도 귀기울여 들으셨습니다. 꼭 필요한 강의였다며, 정말 도움되었다고 감사하는 마음으로 절 대하시는 모습에 눈시울이 붉어졌습니다.

사실 아이들의 강의에 눈맞춤하여 강의해야 해서 쉽지 않은 강의입니다. 아무리 강연을 잘해도 아이들의 직면해 있는 정황 때문에 마음의 문을 여는 것이 필요하기 때문입니다. 이러한 강의는 쉬운 강의가 아니었고 사춘기의 아이들 특히, 학교 임원의 리더자들이라 무엇이라도 하나 얻고 돌아가고자 하는 아이들의 마음이 보이기도 했습니다. 그러니 더욱 한마디 한마디가 중요한 강의였습니다.

그러나 강연은 대성공적이었고 교실 밖으로 나오면서 인사하는 아이들을 보며 손을 잡아주며 "수고했습니다. 고맙습니다."라고 따스한 마음을 전달하고 돌아왔습니다.

경기 여성 리더 클럽 워크숍

화성시 라비돌 리조트에서 실시한 경기 여성 리더 클럽에 초대를 받아갔습니다.

경기도의 여성클럽 단체장들의 리더자들을 위한 힐링 웃음 치료와 레크리에이션을 진행하였습니다. 이분들은 지방 자치에서 여성의 역할, 여성 인력 육성을 통하여 경기도의 지역발전을 꾀하고 기여하는 데 중요한 역할을 담당하는 리더 분들입니다.

지위, 직책을 우선 내려놓고 순수한 마음으로 웃음 힐링을 진행하고 소통하는 시간들을 가졌습니다. 서로서로 칭찬하는 게임을 통하여 하나되게 한 다음, 웃음으로 기분 전환을 이뤘으며, 덕분에 웃음 치료 소기의 목적을 달성한 시간들이었습니다. 함께 웃으시면서 박장대소 파안대소하는 모습에서 앉아 계신 리더분들은 폭소를 자아냅니다. "너무 재미있습니다. 스트레스가 확 풀립니다".

행사는 대성공이었습니다.

'웃음이 좋다'라는 사실은 누구나 잘 알고 있습니다.

또한 웃음은 고정 관념을 깨트립니다.

어디든 승리하는 스타일이 있고 무얼 해도 실패하는 스타일이 있습니다.

승리하는 비결은 웃음에 있습니다. 웃고 있다는 것은 사람을 부정적으로 만들지 않습니다. 인간의 최대 욕망은 건강하고 행복한 삶을 사는 것입니다.

그리고 모두 사회적인 성공을 이루기 바랍니다. 하지만 그 방법을 찾기란 그리 쉽지 않습니다.

그러나 동서고금의 지혜와 경험을 통하여 우리는 비워야 건강하고, 즐겨야 행복하고, 미쳐야 성공할 수 있다는 것을 알고 있습니다. 그렇다면 비우고 즐기고 미칠 수 있는 방법에는 무엇이 있을까요?

바로 웃음을 잃지 않는 것입니다.

웃는 사람은 모든 일에 창의적이고 고정관념을 깨는 일도 잘해 혁신적인 사람으로 거듭납니다.

우리 사회는 긍정을 종용하지만 실제 긍정의 바탕이 되는 웃음을 강조하지 않습니다.

웃음이 건강에 좋고 복이 온다는 이야기들은 많이 듣고 살아왔지만 실제 사람들은 현실 앞에 쉽게 웃지 못합니다. 그래서 늘 지는 것입니다.

후회하고 힘들어하고 인상 쓰며 도전해보지만 여전히 질 수밖에 없습니다.

승리하는 비결은 웃음입니다.

즐겁게 일에 몰입하면 스트레스도 잊고 삽니다. 대부분 스트레스는 마음에서 비롯됩니다.

15초만 박장대소해도 최하 200만 원어치의 엔도르핀, 엔

카팔린, 도파민, 세로토닌, 옥시토닌, 아세트 콜린, 다이돌핀 등 21가지의 호르몬이 나오면서 수명이 이틀 더 늘어갑니다.

성인들은 하루 7번 웃지만 아이들은 400번 웃습니다. 여럿이 함께 웃으면 33배의 효과가 있습니다. 잘 웃으면 8년 더 살 수 있으며 늘 감사하고 칭찬하고 긍정으로 살면 6년을 더 회춘한다고 합니다. 박장대소와 요절복통 30초만 웃으면 650개의 근육, 80개의 얼굴 근육, 206개의 뼈가 움직이면서 에어로빅을 5분 동안 하는 것과 같은 효과가 있습니다.

웃으면 산소 공급이 2배로 증가해 유산소 운동이 됩니다. 또한 즐겁게 활동하면 기억력이 좋아진다는 임상 결과도 있습니다.

웃으면 자신감이 생기고 생활에 활력이 솟고 늘 긍정적인 상상을 지속할 수 있습니다.

갈등의 해결을 드러내는
성경 이야기

창세기는 언약 백성의 생존과 순결을 위협하는 일련의 사건들을 계속해서 소개합니다. 37장에서 50장에 이르는 내용을 읽어보면, 야곱과 그 자녀에게 온갖 종류의 시련이 들이닥치며 더할 나위 없이 끔찍한 상황이 연출되는 장면을 볼 수 있습니다.

1. 가인과 아벨의 관계를 상기시키는 가족 간의 분열과 다툼이 다시금 언약 백성의 생존을 위협한다. (창 37장, 참고 4장)

2. 이방 민족과 통혼하여 드러나게 된 불의가 언약 백성의 순결을 위협한다. (창 38장, 참고 12:10-20)

3. 세계적인 기근이 발생하여 언약 백성이 위태한 상황에 처하게 된다. (창 42:1-2, 참고 3:17-19, 12:10, 26:1)

그런데 하나님은 요셉을 사용해서 아브라함 가문에 반복적으로 나타나는 이 갈등을 해결하십니다.

1. 요셉은 형제들에게 받은 대로 복수하기보다 관대한 용서를 베풂으로써 그들과 화해하고 가족 간의 연합을 이룬다. (창 45:1-15)

2. 요셉은 그의 가족을 고센 땅에 정착시켜 이방 문화의 영향으로부터 그들을 보호한다. 그리하여 애굽인의 미움을 받지 않게 된 가족은 이방 민족과 통혼하지 않고 그 땅에서 한 민족을 이루게 된다. (창 46:33-34)

3. 요셉은 하나님이 주신 지혜와 행정 능력을 발휘하여 심각한 기근으로부터 가족의 생명을 지킨다. (창 41:25-35, 47:13-26)

결국 하나님은 요셉을 통해 언약 백성을 위협하는 문제를 역전시키십니다. 곧 용서를 통해 다툼을, 의를 통해 불의를, 그리고 지혜를 통해 기근을 해결하십니다.

1. 약속의 성취를 나타내는 이야기

더 나아가 창세기 37-50장은 하나님이 어떻게 아브라함에게 주신 약속을 부분적으로 성취하시는지를 보여 줍니다. (창 12:1-3)

하나님은 요셉을 통해 열방에 은혜를 베푸십니다. 보디발은 요셉을 가정 총무로 삼아 자기 집을 그에게 다 맡깁니다. 이에 하나님은 요셉 때문에 보디발에게 복을 주십니다.(창 39:4-5) 그리고 요셉은 또다시 바로의 집에서도 총리가 됩니다(창 41:40). 그 결과 열방에 복이 미칩니다. 요셉이 심각한 기근 중에도 애굽인과 각국 백성에게 양식을 제공했기 때문입니다. (창 41:56-57)

또한 하나님은 아브라함 자손으로 번성하게 하겠다는 약속을 요셉을 통해 성취하십니다. 일단 요셉이 그의 가족을 고센 땅에 정착시키고 나자, 아브라함 자손은 "거기서 생업을 얻어 생육하고 번성하게 됩니다.(창 47:22)" 이 생육하고 번성한다는 표현은 창세기 전체에 걸쳐 등장하지만, 지금 이 경우에는 매우 특별한 의미를 지닙니다. 이제까지는 하나님이 생육하고 번성하라고 그 백성에게 명령하거나(창 1:28; 9:1, 7; 35:11) 그와 같이 되리라고 약속하셨지만(창 16:10; 17:2, 6; 22:17; 26:4, 24), 이번에는 처음으로 생육하고 번성하는 일이 현실로 나타나게 된 것입니다. 즉 동일한 표현이 여기서는 직설법으로 서술된 것입니다. 요셉의 리더십 하에 아브라함 자손이 실제로 번성하게 된 것입니다.

심지어 왕에 대한 약속도 요셉을 통해 실현되기 시작합니다. 창세기 37장에 소개된 요셉의 꿈은 장차 그가 수행할 통치자의 직분을 예견합니다. 곧 애굽의 궁정에서 요셉이 차지하게 될 위치를 암시합니다. 더군다나 그가 입었던 '채색옷'은 왕가의 의복을 상징합니다.(삼하 13:18) 따라서 이 장에 앞서 예언되고 모형론적으로 제시되었을 뿐 아니라 언약의 약속으로 언급된 통치자(창 17:6, 16; 35:11), 즉 아브라함 자손을 통해 나타나리라고 기록된 왕의 도래를 기다려 온 독자들에게는 창세기 37장이 매우 중요한 역할을 합니다. 이

장에서부터 소개되는 요셉이 그 예견을 더욱 부각시키기 때문입니다. 따라서 왕에 대한 약속을 기억하는 독자들이라면, 요셉을 보며 이렇게 질문하지 않을 수 없을 것입니다. "오실 그이가 당신이오니이까 우리가 다른 이를 기다리오리이까."

이후 왕궁에서 높은 직위에 오르게 된 요셉 이야기는 단지 하나님이 그의 결백을 입증해 주셨다는 내용을 주제로 삼지 않습니다. 그 이야기는 아브라함 자손을 통해 인간의 통치가 회복되게 하려는 하나님의 언약에 그분 자신이 얼마나 신실하게 역사하셨는지를 보여 주는 증거입니다. 하나님은 아브라함에게 그 자손이 한 나라를 이루고 그로부터 통치자가 나올 것이라고 약속하셨습니다. 요셉은 바로 그 통치자를 보여 주는 첫 번째 사람으로서 하나님의 복을 열방에 전해 주는 새로운 인류의 모습을 드러냅니다. 곧 사랑받는 아들이자, 섬기는 왕의 모습이 어떠한지를 보여 줍니다.

그렇다면 이 모든 내용이 하나님의 섭리와는 어떤 관련이 있을까요? 비록 모세는 창세기 37~50장 이야기의 중심 무대에 요셉을 세웠지만, 사실상 그 무대의 주인공은 하나님 자신이십니다. 그 이야기는 하나님이 아브라함에게 주신 약속을 요셉이 어떻게 성취하는지에 관한 내용이 아니라, 하나님이 버림받은 한 사람을 통해 어떻게 자신의 언약을 지키고 그 약속을 성취하시는지를 보여 주는 내용이라고 할 수 있습니다. 즉 언약의 성취 여부는 인간의 악한 행동마저도 자신의 선한 목적을 위해 사용하실 수 있는 주권자의 손에 달려 있습니다.(창 50:20) 그래서 하나님은 요셉을 통해 모든 위협적인 상황을 역전시키고 아브라함에게 주신 약속을 성취해 나가십니다.

이와 같은 요셉 이야기는 단지 창세기의 마지막 에피소드가 아닙니다. 그보다도 창세기의 전체 스토리가 안고 있는 갈등에 대한 해결책입니다. 이 이야기를 통해 창세기는 형제를 미워하는 사건으로부터 형제에 대한 용서로, 그리고 가족의 생명을 위협하는 기근으로부터 가족이 재회하여 잔치를 벌이는 축제로 독자들의 걸음을 인도합니다. 그리하여 하나님의 약속이 어떻게 성취되는지를 보게 만드는 것입니다.

2. 예수 그리스도를 묘사하는 이야기

이러한 관찰은 요셉이 과연 장차 나타날 메시아에 대한 '모형'(type)인지, 즉 하나님이 의도하신 예시적인 인물이 맞는지를 생각하게 만듭니다. 지난 교회사에서 수많은 성경 해석자들은 요셉이 그리스도의 모형이 맞다고 설명해 왔습니다. 요셉과 그리스도 간에 존재하는 명백한 유사점 때문입니다. 예를 들면 요셉도 사랑받는 아들로서 형제들에게 배척을 받았으며 그러한 고통 속에서도 하나님을 신뢰하는 과정을 통해 가장 높은 자리에 오르게 되었기 때문입니다.

그런데 요셉과 예수님의 상관성을 드러내는 유사점은 그게 전부가 아닙니다. 요셉의 인생은 그보다 더욱 직접적인 방식으로 메시아의 모습을 보여 줍니다. 왜냐하면 하나님은 그를 사용하여 언약의 약속을 성취하고 죄인에게 내려진 저주의 결과를 무효하게 만드시기 때문입니다.

흥미롭게도 창세기는 야곱이 유다를 위해 축복한 내용이 이미 요셉의 삶에서 모형론적으로 이뤄졌다는 사실을 암시합니다. "유다야 너는 네 형제의 찬송이 될지라 네 손이 네 원수의 목을 잡을 것이요 네 아버지의 아들들이 네 앞에 절하리로다.(창 49:8)"

이 축복에서 야곱은 유다의 후손으로 장차 오실 왕을 묘사하는데, 그 이미지가 요셉의 인생에 펼쳐진 장면과 너무도 흡사합니다. 여기서 유다의 형제들이 그 앞에 절하게 된다고 언급되는데, 이처럼 절을 한다는 표현은 요셉의 꿈에서 형제들이 그에게 절을 하는 모습을 묘사하기 위해 이미 세 번 사용되었고(창 37:7, 9-10), 또한 그들이 애굽의 궁정에서 실제로 요셉에게 절을 하는 모습을 기술하기 위해서도 세 번 사용되었습니다(창 42:4, 43:26, 28). 이처럼 창세기 49장 8절에서 열한 명의 형제들이 한 사람 앞에 절을 하는 이미지는 지금까지 들려준 요셉 이야기를 요약하는 한 편의 그림과 같습니다. 이런 유사점은 의도적인 장치라고 볼 수 있습니다. 그래서 장차 나타날 메시아의 모습이 어떠할지를 궁금해 하는 독자들은 바로 이 야곱의 축복에서 힌트를 얻게 됩니다. 곧 메시아가 요셉과 같은 모습을 보여 주게 되리라는 답변을 얻는 것입니다.

이처럼 요셉과 유다가 밀접하게 연결되어 있음을 암시하는 내용은 이 구절만이 아닙니다. 사실 모세는 요셉 이야기 전체에 걸쳐 두 인물을 자주 병행시켜 놓았습니다. 예를 들어 가장 결정적인 세 차례의 대목을 살펴보면 그들이 중심인물로 등장합니다. 곧 서론 부분에서(창 38-39), 절정 부분에서(창 44-45), 그리고 야곱의 예언 부분에서(창 49) 그렇게 등장하는데, 이 단락들은 요셉 이야기만이 아니라 창세기 전체 스토리의 백미와 같다고 할 수 있습니다. 이렇듯 요셉과 유다는 서로 얽혀 있습니다. 따라서 야곱의 예언에서도 두 사람은 장차 나타날 이스라엘의 왕을 함께 예시합니다.

이처럼 모세는 요셉이라는 모형론적 인물을 통해 유다의 후손으로 오실 미래의 왕을 묘사합니다. 그렇게 함으로써 메시아를 통해 절정에 이르게 될 이스라엘 역사의 거시적인 스토리 안에 요셉 이야기를 자리매김하는 것입니다. 또한 이로써 우리는 성경을 읽으며 그의 이야기를 다시금 돌아보게 됩니다. 이는 모세가 그의 독자들로 하여금 종말론적 의미를 지닌 왕적 인물로서 요셉을 바라보도록 뚜렷한 장치를 설정해 두었기 때문입니다. 이러한 요셉 이야기는 그 자체에 목적이 있지 않고, 미래에 일어날 하나님의 사역을 보여 주는

데 그 목적이 있습니다.

3. 미래의 소망을 제시하는 이야기

창세기 37~50장은 단지 하나님의 섭리에 관한 내용만이 아니라 그분의 약속에 관한 내용이기도 합니다. 이 본문에서 하나님은 요셉을 사용하여 인류에게 내려진 저주의 결과를 역전시키고 아브라함에게 주신 약속을 성취해 나가십니다. 하나님은 모든 게 불리해 보이는 상황 속에서 가족에 의해 노예로 팔려 나간 한 사람에게 자신의 권능을 펼쳐 보이십니다.

아마도 모세는 자기 형제들에게 버림받은 보잘것없는 한 인생을 통해 불가능한 일을 성취하시는 하나님을 바라보게 하고자 요셉 이야기에 그 많은 분량을 할애했을지 모릅니다. 그리하여 궁극적으로 죄인에게 임할 저주를 완전히 역전 시키며 하나님의 약속을 성취하실 미래의 진짜 요셉(a coming Joseph)을 기대하도록 그 많은 분량을 할애했을지 모릅니다.

이런 점에서 요셉 이야기는 성경의 전체 스토리를 보여 줍니다. 즉 고난을 통해 영광으로, 비하를 통해 승리로 나아가는 스토리를 우리에게 들려줍니다. 그리하여 그 이야기에서 우리는 십자가의 고난과 부활의 영광을 함께 바라보게 됩니다.

에필로그

코로나의 위기 속에서도 위와 같이 강의와 방송이 쇄도하였습니다. 그 이유는, 코로나의 위기 속에서 웃음은 면역을 튼튼히 하고 만병통치약이 되어주기 때문입니다.

저는 웃음을 사람을 살리는 일이라 여기고 발로 뛰며 전국민이 웃는 그날까지 웃음전도사로 활동하며 전국의 복지관, 중증 요양원, 요양병원, 교회, 학교, 기업체, 암병동, 특수시설까지 열심히 강의를 뛰어다녔습니다.

16만km던 자동차 계기판이 22만km가 되면서 얼마나 강의를 많이 다녔는지 짐작이 갑니다.

더 기쁜 일은 각 방송사에서 웃음 치료가 들어오고 있다는 것입니다. KBS뿐만 아니라 CBS, tvN, MBN, JTBC까지 웃음 치료가 상당한 비중으로 소개되고 있으며, 각 방송사에서 웃음 치료의 중요성을 말해주고 있습니다. 전국민이 웃는 그

날까지 웃음 사역은 계속됩니다. 웃음 치료가 아니었으면 방송에 출연할 기회가 있었겠습니까?

웃음은 나의 인생이었습니다.

가을은 이쁜 계절

최규훈

가을은

이쁜 계절

더위 부러워

신선한 바람 불어오면

이내

옹기종기 모여

이쁜 대화들

난리다

화사해

하늘 맑다

시원해

모두 함박웃음 하며

계절을 맞이한다

천고마비의 계절

더워도

추워도

모른 체

신선노름하기에

정자에 모여

밤새 이야기 꽃 피우며

행복감에 취한다

낙엽 질 때는

내 슬픔도 잊은 채

새론나무

새싹 돋기까지

그토록

기다려야만 한다

아무튼

이 계절에는

행복의 소리에

할 말 많아진다